キマイラ22

望郷変

夢枕 獏

角川文庫
22874

目次

人物紹介

大鳳 吼
おおとり こう
西城学園の1年生。
おのれの内に
キマイラを宿す。

久鬼麗一
くき れいいち
西城学園を中退した。
大鳳と同じく
キマイラを宿す。

イラスト／三輪士郎

九十九三蔵
つくも さんぞう
西城学園の3年生。
心優しき巨漢。

織部深雪
おりべ みゆき
大鳳のクラスメイトの
美少女。

亜室由魅
あむろ ゆみ
西城学園の3年生。
妖艶な魅力をもつ。

真壁雲斎
まかべ うんさい
円空拳の使い手で、大鳳と九十九の師。

宇名月典善
うなづき てんぜん
異端の格闘家。龍王院、菊地の師。

菊地良二
きくち りょうじ
西城学園2年生。勝利への異常なまでの執着心を持つ元空手部員。

龍王院《りゅうおういん》 弘《ひろし》

美貌の格闘家。
九十九、ボックに敗れ
再起を図っている。

フリードリッヒ・ボック

キマイラの謎を探る
ドイツ系アメリカ人。
気を操ることに巧み。

巫炎《ふえん》

キマイラを内に宿す
大鳳と麗一の実の父。
久鬼玄造に捕らえられる。

吐月《とげつ》

熊野山中で修行中の沙門。
かつて中国大陸で、
久鬼玄造と出逢っていた。

久鬼玄造《くき げんぞう》

麗一の父。
裏社会に通じる力を持つ。
過去に中国大陸を旅した。

そのほかの人物紹介

智恵子《ちえこ》

玄造の妹にして、大鳳と麗一の実の母。

亜室健之《あむろ たけゆき》

由魅の父親。ソーマの用法をはじめ、キマイラ化の真相について何かを摑んでいる。

岩村賢治　いわむら　けんじ

通称「岩さん」。詩を詠む、自称自由人の路上生活者。渋谷を根城とし、出奔した大鳳の面倒をよく見ていた。

よっちゃん

渋谷を根城にする、心優しき路上生活者。岩さんと共に、大鳳のキマイラ化した状態も目にしている。

埴輪道灌　はにわ　どうかん

雲斎と知己の玄道師。九十九三蔵の兄・乱蔵とも親しい。日ごろは上野公園で路上生活者のような生活をしている。仲間の岩さんを介して大鳳を知り、その将来を憂えていた。

グリフィン

金髪、碧眼で、麗一に似たたたずまいを持つ少年。誘拐された深雪を追ってきた菊地と対峙し、その肉を喰らう。

アレクサンドル

かつて、莫高窟《ばっこうくつ》に「外法曼陀羅図」を求めに来たグルジェフが伴っていた白皙《はくせき》の青年。歳月が流れ、老人となった今は、グリフィンとともに、深雪たちが捕らわれた屋敷にいる。

ツォギエル

狂仏《ニョンパ》。由魅が、新宿の公園で闘う麗一とボックの前に連れてきた、謎の中年僧。

おれの獣よ
夜のヴィオロンの如く
静かに哭《な》け

夜になると
哭くのである
天にかかった
青い月の
その月の音《ね》の如くに
哭くのである
長い物語に倦《う》んで
ふと眠りから
覚めたようになった時
その獣の哭く声に
気づくのである

本を閉じもせず
耳を澄ませば
確かに
確かに
おれの肉の中で
その獣が哭いているのである
いつの間にか
過ぎていってしまった
あの甘やかな時間
あの花嵐のような
あの
遠くで鳴る春雷のような
あのけなげで
おろかな
罪
秘密
夢
天の

肉の
海
風
そういうものの中で
おれの獣が哭いているのである
まるで月の音のように
おれの獣が
夜のヴィオロンの如くに
静かに
静かに
哭いているのである
たれにも聴こえぬ声で
哭いているのである

——岩村賢治《いわむらけんじ》

序章

1

天下を従え、この世の王となった者が望むのは、不老不死である。

中国において、それは甚だしく、歴代の皇帝の多くは、それを自ら求めたり、人に求めさせたりした。

漢の武帝は、西王母《せいおうぼ》にこれを求め、唐の太宗、憲宗、武宗も不死の法を捜して、それを得られずに死んでいる。その死因の多くが、水銀中毒である。

水銀は、古代中国では丹《たん》と呼ばれ、不老不死の仙薬として知られるが、これは明らかに毒である。

彼ら皇帝に、強い影響を与えたのは、最初に中華を統一した秦の始皇帝であった。

司馬遷の『史記』によれば、盧生《ろせい》という方士が、ある時、始皇帝に次のように奏上したという。

「我らは、これまで、神草《しんそう》の芝《し》や、不死の奇薬、仙人を捜してまいりましたが、どうしても見つかりません。これはどうやら、あるものが邪魔をしているようでござります。ある方術によれば、人主《じんしゅ》たる者は、時に微行《びこう》して、体内にある悪鬼をとりのぞかねばなりません。体内に悪鬼あれば、真人《しんじん》は寄らず、悪鬼が避《しりぞ》けば、自《おの》ずと真人が寄ってまいりましょう」

ここでいう真人とは、宇宙の真理を体得し、不死者となった者、ようするに仙人のことである。

「しかし、いくら、人主であるあなたさまが微行しようとも、そのいる場所をたれか知る者がいれば、あなたさまのことを心に思いましょう。その思いや雑念が、あなたさまの体内にたまって、これが悪鬼となって、あなたさまに害をおよぼします。それでは、真人があなたさまを捜すことができず、寄ってくることがありません。これを防ぐには、人に居場所を知られぬようにすることです。さすれば、真人が現われ、不死の仙薬をあなたさまにもたらすことでしょう」

言われた始皇帝のしたことが、咸陽宮《かんようきゅう》の周囲二百里にある、二百七十の宮殿や楼観を、復道《ふくどう》や甬道《ようどう》でつなぎ、帷帳《いちょう》、鐘鼓《しょうこ》、美人でその建物の中を満たし、それらの人々の居場所を登録し、移動できぬようにして、自らは、人に見られぬよう、復道や甬道を通って移動することであった。

もしも、始皇帝の行幸を、誰かに告げる者があれば、これを死罪とすることにした。

ある時、山の上から、始皇帝が梁山宮《りょうざんきゅう》に行幸するのを見た者があって、これを他人にしゃべってしまった。

それを知って、怒った始皇帝は、しゃべった者をつきとめようとしたのだが、誰がそれを口にしたかわからない。それで、始皇帝は関係者の全てを死罪としてしまったのである。

盧生が、始皇帝に言った、他人に居場所を知られたら真人がやって来ない、などということは、もちろん、嘘である。

始皇帝がそれを知ったら、自分は殺されてしまうであろうと考え、盧生は行方をくらませてしまったと、『史記』の「秦始皇本紀」にある。

徐市《じょふつ》という奇怪なる方士が『史記』に初めて登場するのは、盧生より前の「秦始皇本紀二十八年」(紀元前二一九)である。

この年、始皇帝は巡遊して、鄒嶧山《しゅうえきざん》に登り、石を立てて秦の徳をたたえる銘文をこれに刻んでいる。

次に、始皇帝にとっては二度目の泰山《たいざん》に登り、そこで土を積み、壇《だん》を作って天を祀った。

後に南へ下って、山東の琅邪山《ろうやざん》に登り、ここに三ヵ月逗留した。たいへんその場所が気に入って、民三万戸をこの地に移住させて、十二年間、賦税を免除して移住者たちの生活を楽にしている。

記念に、琅邪台を作らせ、石を立てて、これにも銘を刻んだ。

こういう時に、始皇帝に上書《じょうしょ》してきたのが、斉人《せいひと》の徐市であったのである。

次のような内容であった。

「海中に、三神山《さんしんざん》あり。名づけて、蓬萊《ほうらい》、方丈《ほうじょう》、瀛洲《えいしゅう》といって、そこに仙人が住んでおります。そこへ出かけてゆき、不死の仙薬を求めてまいりますので、どうか、お許しをいただけますよう」

それを、始皇帝は承知した。

そして、徐市は、童男、童女と工人などを合わせて数千人をともない、海の彼方に向かって出発したのである。

次に徐市が姿を現わすのは、九年後のことである。

「秦始皇本紀三十七年」、この年もまた、始皇帝は巡遊している。

そして、琅邪の地に至った時、始皇帝は、再び、徐市と出会うのである。

徐市は始皇帝に告げた。

「あれから九年、我らは三神山を捜すべく海に出たのでござりまするが、島に近づけば、いつも姿を現わす大鮫魚《だいこうぎょ》に邪魔されて、それより先へゆくことができません。つきましては、この大鮫魚を射るため、これを射落とせるだけの兵と連弩《れんど》をお貸し願えまいか——」

これを始皇帝は承知した。

しかし、その後、徐市は二度と始皇帝の前に姿を現わすことはなかった。

もっとも、それは、この巡遊中に始皇帝が亡くなってしまったためであるが、歴史上、徐市の痕跡はぱったり途絶えてしまうのである。

始皇帝を騙《だま》し、大金と、人と武器と兵士を手にいれ、歴史からみごとに姿を消してしまった徐市——。これは、徐市が計画した民族の大移住であったのか。

そして、その移住先の蓬萊国というのは、日本国であったのかもしれないとも言われている。

もっとも、これは、『史記』の記すところであり、事実がいかなるものであったのかということは、たれかの知るところのものではない。

が——

ここに、『史記《しき》拾遺《しゅうい》』なる書がある。

九世紀に、日本国から唐に渡った天台宗の僧に、円仁《えんにん》という人物がいる。

この時、円仁が書いた『入唐求法巡礼行記《にっとうぐほうじゅんれいこうき》』は、広く知られているが、『史記拾遺』なる書については、ほとんど知られていない。

名のみ知られていて、その内容については一切が不明の書だ。比叡山に置かれていたと他の書には記されているが、信長が叡山を焼き討ちした時に、ほかの多くの書と共に焼失してしまったと考えられていた。

これが見つかったのが、昭和六十年のことだ。

発見された場所は、大津の三井寺《みいでら》である。

三井寺は、信長が比叡山を焼き討ちする時に、拠点とした寺のひとつだ。

三井寺の金堂の背後に、教持堂と呼ばれる堂がある。教持和尚の御像が安置されているところからこの名があるのだが、教持和尚は不思議な僧であった。

智証大師が入山するまで、寺を守ってきた僧だが、大師入山のおり、金堂裏の石窟に入って姿を消してしまったと言われている。この石窟の上に大師が建てた堂が、この教持堂である。

教持和尚の像を安置している須弥壇《しゅみだん》の真下の石の下から、あぶら紙に包まれた書が、何冊か発見されており、そのうちの一冊が、件《くだん》の『史記拾遺』である。

どのような書か？

司馬遷は、『史記』を書くおり、全国を回って、今日的な言い方をすれば、様々な取材を行っている。各地方の古い言い伝えや、古い書、伝説などを集めてまわり、『史記』を完成させたのだが、取材した全ての資料を『史記』に記したわけではない。

その内容から、これは嘘であろうと司馬遷が考えたものや、これは必要がないと判断されたものは、当然ながら、使用されずに省かれている。

その省かれた中国史の断片が記されているのが、『史記拾遺』である。

「円仁大唐よりこれを持ちかえる」

と、書の最後に記されているが、紙の年代測定をしたところ、室町時代のものとわかっている。

発見したのは京都大学の加原真という教授だが、氏は、これを、

「偽書ではないか」

と言っている。

名のみ知られて、中身がわからない書の内容を、後の世の人間が、想像で書いた——そういうものではないか。

しかし、偽書としても、それが室町時代に書かれたというのは事実である。

仮に本物であれば、だれかが、実物を持っているか、それを見つけるかして、これを書写したものということになる。

いずれにしろ、その中に、徐市の名が出てくるのである。

2

始皇帝が、その漢《おとこ》と再び対面したのは、始皇三十七年七月（紀元前二一〇）の秋のことであった。

場所も同じ、斉の琅邪台であった。

始皇帝が、琅邪台にいる時に居住していた蓬萊殿まで、その漢は自らやってきたのである。

名は、徐市《じょふつ》。

方士である。

斉は、昔から道士、方士が多く生まれる土地であった。

この徐市も、そういった人間のひとりである。

前回会ったのは、九年前だ。

その時、徐市は、自ら始皇帝に奏上してきて、この世に不死の仙薬が存在することを告げた。

興味を持った始皇帝は、上奏してきたその徐市という人物を呼んだ。

やってきた徐市は、

「この自分に、その不老不死の仙薬を取りにゆかせてくだされ」

このように言った。

神山蓬莱島に、その秘薬があるというのである。

その時、始皇帝は、徐市の言葉を信じた。

それで、巨額の金をこの漢に渡したのだ。

この頃、始皇帝は、三つのことに金を使い、国庫のたくわえのほとんどをそれに使ってしまったと言われている。

ひとつが、自分が死した時に入るための陵墓の建設である。今日、始皇帝陵と呼ばれる陵墓がそれである。

もうひとつが、万里の長城の建設である。

そして三つめのものが、この徐市に与えた金——不死の仙薬捜しである。

そのため、秦の民はおおいに苦しんだ。それで、逃げ出した者が、三戸に一戸はあったと言われている。

この蓬萊殿も、徐市の言葉を信じたればこそ、造らせたものである。

それが、九年、音沙汰がなかった。

しかも、金を持って、土地の者数千人と共に行方をくらませてしまったのだ。これは、立派な民族の大移動である。

捜させたが、いずれへ姿を隠したのか、行方はわからぬままとなった。

今回の巡遊では、琅邪台において、徹底的に徐市の行方を探索するつもりでいたのである。

見つからねば、徐市と、徐市と共にいなくなった者たちの、親類や家族の耳を切り、鼻を削《そ》ぎ、場合によっては全員首にしてやる覚悟であった。

九年前とは、事情が違った。

徐市の後には、盧生という者が、真人の話をして、自分をたぶらかしている。

そういうことがあって、不死の仙薬などこの世にないのではないかと思うようになってきたのである。

そういう思いが伝わったのか、徐市が自分から連絡をとってきたのである、そして、いま、徐市は、始皇帝の目の前にいる。

九年前は、一族の者が十人くらい一緒にいたが、今回は、ただふたりであった。

そして、山羊《ヤギ》が一頭。

徐市は、九年前と同じだ。

四十前後かと思える。

歳をとったようには見えない。

始皇帝、この時齢《よわい》五十。

自分はきっちり、この肉の中に、齢という歳月を積み重ねてきているのに、徐市には、それがないのであろうか。

道服に、蓬髪《ほうはつ》。

不思議な笑みを浮かべて、始皇帝を眺めている。

もうひとりは、歳の頃がわからなかった。

ちんまりとした、老人であった。

老人であるとはわかる。

しかし、その年齢の見当がつかない。

百歳は超えているとわかる。しかし、見た目は、違う。もっと上に見える。二百歳、三百歳とは思ってみるものの、人が、それだけ生きることができるのか。

顔中が皺《しわ》だ。顔は肝斑《しみ》だらけで、その肝斑が皮膚に凹凸を作り、瘡蓋《かさぶた》のようになっている。

髪は白髪で長いが、生えているのは、耳の周囲と、後頭部のあたりのみである。

髭《ひげ》も白くて長い。その髭が、顔の下半分を隠している。

背は曲がり、骨の上に皮が被っているばかりと見える。

眼はうつろで、ただの濁った沼のようだ。

そこから、時おり、瘴気《しょうき》のようなものが湧きあがっているように見えるのが、この老人がそれでも生きていると見える印のようであった。

時おり、唇が動く。

何を言っているのかわからないが、どうやら、人の名をつぶやいているらしい。

繰り返し、繰り返しつぶやくので、

「しゅんれい……」

「りんれい……」

そう言っているらしいのが、やっとわかる。

いったいどれだけ生きれば、人の肉体がこのようになるのか。

始皇帝と、徐市が対面しているのは、庭である。

徐市と老人は、兵士と従者に囲まれ、庭に運び出された玉座に座している。

始皇帝は、むろん、武器は身に帯びていない。

「これまで、何をしていた……」

始皇帝が問う。
話は聞くつもりでいる。
鎖にも繋がず、縛ってもいないのは、徐市が自らやってきたからだ。
しかし、話を聞いた後、死罪にする。
それは決めていた。
話を聞いている間に、どういう殺し方をするか決めるつもりだった。
鞭打《むちう》ちでは、生ぬるい。
鋸引《のこぎりび》きか。
煮るか。
飢えた犬に喰《く》わせるか。
眼に水を垂らすか。
干し肉にするか。
塩漬けにするか。
手足を切って、糞溜《くそだめ》に落としてやるか。
楽しい想像をする。
どうせ、徐市の口から出るのは言い訳だ。
できるだけ、おもしろい言い訳になればいい。
「蓬萊に渡るために、何度も船を出しておりました……」

と、徐市は言う。

「で、蓬莱にはゆけたのか？」

「いいえ」

徐市は首を左右に振った。

「海に、巨大なる鰐鮫《ワニザメ》がいて、これが、島に近づくと、襲ってきます」

「ほう……」

始皇帝は、唇の端で笑う。

海で鮫に喰わせて、それを見物するのもいいか——

そんなことを思いついたのだ。

「つきましては、連弩《れんど》をお借りしたいと思いまして——」

連弩というのは、巨大な弓矢で、矢を連続的に射ることのできる武器である。

「貸すのはかまわぬが、しかし、その蓬莱なる島に、本当に不死の仙薬があるのか？」

「ござります」

「証拠を見せよ」

「証拠はこれにござります」

徐市は、傍《かたわ》らの老人を見やった。

「赤《せき》と申します」

「赤？」

「名を問えば、赤と答えますが、それ以外は答えませぬ」

「その赤がどういう証拠であると？」

「この赤、何歳に見えまするか」

徐市が問うてきた。

ははあ、そうきたか。

この、歳のわからぬ老人を見せて、歳は一千歳、この赤こそがその証拠であるとでも言うつもりか。

「この赤を、蓬萊の海で拾いました」

「海で？」

「海に浮いて、魚に喰われているのを引きあげたのです。死体かと思うたのですが、まだ生きておりました」

「くだらぬな」

「くだらない？」

「何故、蓬萊の海で拾うたと朕《ちん》にわかるのか。そこらの露地で、いき倒れになっていた爺《じじ》いを拾ってきただけのことかもしれぬ。さらに言えば、その赤が、口も利けぬのに、百年、二百年生きたと、何故わかるのだ。仮に千年生きていたとして、そのように口も利けぬ爺いとなって生きることに、どれほどの意味があるというのじゃ……」

徐市は、始皇帝の言葉を、自分の肉に染み込ませるように聞いて、そして言った。

「お顔の色が、すぐれませぬな……」

関係のないことをつぶやいた。

「顔の色？」

「はい」

「朕の顔色が、どうだというのだ」

「その、土色をした顔、丹《たん》を飲んでおられまするな」

丹、水銀のことだ。

「話がかわったぞ。赤のことだ」

「さようでした」

徐市は頭を下げ、

「何よりも、その眼で見ていただくことが一番でござります」

そう言った。

「何を見るのじゃ」

「見てのお楽しみで……」

徐市は、始皇帝の近くにいる者に顔を向けた。

「どなたか、ここに、手桶のご用意を――」

「桶？」

「はい。これくらいの大きさもあれば……」

徐市は、両手を広げ、腕で抱えられるくらいの大きさの輪を作った。

すぐに、桶が用意された。

「どなたか、剣を……」

徐市は言った。

動く者はない。

この場で、徐市に武器を渡す者などあろうはずもない。

武器を身に帯びているのは、始皇帝本人のみである。

「では、陛下御自身が、その手で――」

「朕が？」

「腰の剣を抜いて、この山羊の首を落とし、血をこの桶へ――」

周囲がざわついた。

獣を、始皇帝自らが、殺すことなどあり得ぬことであったからだ。

しかも、このような場で。

しかし、他人にそれをやらせるということは、その人間に始皇帝を殺すことのできる武器を持たせるということになる。

「この者の首を、この場で刎《は》ねて、その桶に入れてやりましょう」

側近の者が、始皇帝に言った。

「よい」

始皇帝は立ちあがり、剣を抜いていた。

徐市は、にいっと笑って、桶の前まで山羊を引いてきて、その身体を押さえた。

始皇帝が、剣を両手で握って振りあげ、宙で止めた。

その刃が、山羊の上に振り下ろされるのか、それとも、徐市の上に振り下ろされるのか。

そこに、緊張が走った。

剣が振り下ろされた。

肉と骨を断つ音がして、どさりと首が地に落ちた。

土の上に転がったのは、山羊の首であった。

痙攣《けいれん》する山羊の身体を抱え、徐市は、首の切り口から溢《あふ》れ出る血を、桶に注いだ。

桶に血が溜まった。

徐市が手を放すと、山羊の身体が地に倒れた。

山羊の血の溜まった桶を抱え、徐市が立ちあがった。

「それを、どうするのじゃ」

始皇帝が問う。

徐市は、まだ、身動きせぬまま、そこに立ったままの赤を見やり、

「こうします」

言ったかと思うと、ざぶりと、桶の血を赤の顔にかけた。

赤の顔が、血の色で染まった。

あっ、

と、声をあげたり、逆に息を呑んだ者もいたが、無反応であったのが、血をかけられた赤本人であった。

顔に血をかけられたのに、赤は眼を閉じなかった。

まだ温度をもった生あたたかい血が、髪を伝い、額から流れ落ち、眼球の表面を覆う。

しかし、赤は、自分の身に何が起こったのか理解していないかのように、表情を変えなかった。

そこにいた者たち全員が、沈黙した。

ある者は、赤を見つめ、またある者は、赤と始皇帝に、交互に視線を向け、さらに他の者は、徐市を見ていた。

始皇帝は、睨《にら》むように赤の顔を見ていた。

赤の鼻先から、髪の先から、血が地に滴っている。

沈黙の中に、

「なんだ、これは……」

始皇帝の声が響いた。

「これが何だというのか。何ごとも起こらぬではないか——」

すでに、始皇帝の眼は、赤に向けられている。

しゃべりながら、その声がだんだんと昂《たか》ぶり、大きくなってゆく。

「朕をたぶらかす気か⁉」

自分の言葉に、さらに言葉を重ねようとして、始皇帝がそれをやめたのは、周囲の気配が変化したことに気がついたからであった。

「あ……」

「あれ……」

その声を聴き、自分の背後にいる兵士たちに眼をやると、兵士たちの眼が、一様にある一点に向けられていた。

それは、赤の立つ場所であった。

その時、始皇帝は、耳にいやな音を聴いた。

何かが煮えるような、泡立つような、ふつふつという音——

始皇帝は、赤に視線を移した。

赤に、変化が起こっていた。

赤の顔の表面、肌の上で、それが起こっていた。

赤の顔の皮膚が、小さく泡立っていたのである。

ふつふつ、
ぐつぐつ、
じくじく、

という音がしていた。

赤の顔にかけられた血が、煮えて沸騰しているように見えた。

ぶつぶつ、
ぐちっ、
その音がだんだんと大きくなる。

いったい、何が起こっているのか。

「こ、これは……」

始皇帝にわかったのは、顔の表面にかかった血のぬめりが、その量を減らしていることであった。

赤の髪の中でも、同じことが起こっていた。

髪の中からも、そのいやな音が聴こえてくるのである。

見えた。

赤の顔の皮膚の上に、無数の小さな穴があいているのである。その穴が、動いている。動きながら、その血を吸っているのである。赤の皮膚が、かけられた山羊の血を食べているように見えた。

と――

異様なことが起こっていた。

赤の顔が、変化しはじめたのである。

顔から、皺が消えてゆく。

血で赤くなっているものの、髪の色が、白から黒へと変化していくのがわかる。

髪のないところからは、あらたな黒い髪が生えてゆく。

赤が、眼の前で若がえってゆく。

「おう……」

始皇帝が、声をあげる。

赤の顔の表面や、腕の肌の上から、血が消えていた。

血の色が残っているのは、赤が身につけていた衣のみとなった。

そこに立っていたのは、もはや、老人ではなかった。痩《や》せてはいるものの、あきらかに、五十代と思える漢《おとこ》であった。

背筋も伸び、身長も高くなったようであった。

「ごらんになられましたかな」

徐市が言った。

始皇帝が徐市に視線を移すと、

「見ての通りにござります」

徐市が、にいっと嗤《わら》った。

「不老不死の秘密、間違いなくこの世にござります。そして、わたしは、それを手に入れる方法も存じております」

始皇帝は、喉《のど》の奥で声をあげ、

「ここまでか⁉」

そう言った。

「は？」

「ここまでかと、訊《たず》ねておる。もっと若くはならぬのか？」

「そ、それは……」

と、徐市が言うのへかぶせるように、

「もっとかけてみよ」

始皇帝は言った。

「その桶の中に残った血を、さらに、そやつにかけてみよと言うている」

「それは、危険にございます」

「危険？　何が危険と言うのじゃ。朕にさからうか」

始皇帝は、徐市に歩みより、右手に握っていた剣を鞘《さや》に収め、徐市が抱えていた桶を両手で奪いとった。

桶の中には、まだ、半分に余る血が残っていた。

「おやめなされ！」

徐市が言った時には、もう遅かった。

始皇帝は、桶の中に残っていた血を、全て赤の頭からかけてしまったのである。

頭部のみではない。

赤の全身が、血でずぶ濡れとなった。

しゅうう……

と、音がした。

じゅううう……

顔だけではない。

赤の顔が、たちまち泡立った。

腕も、手も、脚も、そして、髪の中も、見えている皮膚という皮膚が泡立っていた。

衣の下の見えていない部分も——全身が泡立っているのであろう。

まるで、無数の魚が、水面下から水面をついばむように、何かが、赤の肌のすぐ下から、体表面の血をついばんでいるのである。

血が少なくなるにつれて、肌の表面の無数の穴が、血を吸い込んでいるのが見える。

さっきよりも、その穴が大きくなっている。

「む」

と、始皇帝が声をあげたのは、その穴をよく見たからだ。

それは、穴ではなかった。

それは、口であった。

何故、穴でなく口とわかったかというと、その穴の内側に、針先のように小さな白いものが幾つも並んでいるのが見えたからだ。白いもの、それは、歯であった。

いや、ただ単に歯と言うには、それは、鋭く尖《とが》っていた。

牙だ。

顔と言わず、腕と言わず、手と言わず、おびただしい数の獣の顎《あぎと》が、赤の体表面に出現し、血を啖《くら》っているのである。

がらん、
と、音がした。

始皇帝が抱えていた桶が、地に落ちた音である。

「こ、これは⁉」

始皇帝は、一歩、二歩と、後ずさっていた。

「だ、誰か……」

さすがに、勇気のある者が、何人かいた。

兵士たちの何人かが駆けより、始皇帝を背にして、赤と対峙《たいじ》した。

赤の腕を、兵士のうちのひとりがとった。

「あちゃっ」

ちょうど、赤の左肘《ひじ》のあたりを握った手を、その兵士はあわてて引いた。

その手から、親指と、人差し指と、中指が消失していた。
赤の左肘のところに、猫の口ほどの顎が出現していた。
その顎が、兵士の指を三本咥《くわ》えていた。
その顎が、動いている。
赤の左肘が、指を喰っているのである。
赤の、血に濡れた髪の向こうの眼が、ぎろりと動いた。
始皇帝を、その眼が睨んだ。
ごるるる……
赤の喉が鳴った。

あひいる！

赤が叫んだ。
天に向かって、喉を垂直に立てていた。
あひいる！
あひいる！
赤が、天に向かってひしりあげる。
うるるるるるるるるる……………………………………………

ろろろろろろろろろろろろ……………………………………

ラ、

ラ、

ラ、

美しい声であった。

何かが、赤の肉の中で、ちぎれたようであった。

ごつん、

と、つんのめるように、赤が顎を前に突き出した。

背骨が折れたように、身体が前に曲がっている。

ごつん、

背骨が、ねじくれ、ひしゃげ、衣を、幾つもの突起物が、下から押しあげているのがわかる。

赤の顔に、ぞろり、ぞろりと獣毛が生え出てきた。

赤の上顎と下顎が、めりめりと前にせり出してきた。

大きな、太い牙が、ぬうっ、ぬうっと、唇を突き破って生え出てきた。

見ている者の気が狂いそうになる光景であった。

この場で、唯一、武器を持っている者——始皇帝が、腰の剣を抜いていた。

それが、勇気であったのか、狂気であったのか——それは誰にもわからない。

始皇帝自身にもわからなかったに違いない。

本当は、逃げ出したかったのか、逃げた方向に、たまたま赤がいたのか。

「あきゃあああ!!」

始皇帝は、赤に向かって、持っていた剣を振り下ろした。

がちいんっ!

という音がした。

赤の左肩に潜り込むはずであった剣が、止まっていた。

赤の左肩から出現した巨大な顎が、始皇帝が振り下ろした刃を咥えて止めていたのである。

赤が、身体をひとゆすりすると、始皇帝の手から剣が離れていた。

剣が、地に落ちる。

もう、武器を手にしている者は誰もいない。

多くの者が、その場から逃げた。

徐市の姿も、すでにそこにない。

獣と化した赤が、そこに残った者たちを、ひとりずつ襲いはじめた。

3

以上のことは、『史記』の本編にはない。

ただ、『史記』が記しているのは、以下のことである。

始皇帝は、琅邪《ろうや》から北へ向かい、連弩《れんど》をもって、そこの海で大魚を射たという。

その後、平原津《へいげんしん》に至り、そこで病んだ。

七月、丙寅《へいいん》の日に、始皇帝は沙丘《さきゅう》の平台で死んだ。

丞相《じょうしょう》の李斯《りし》は、始皇帝の死を隠すため、その遺体を棺に入れ、轀涼車《おんりょうしゃ》に乗せて、そのまま、始皇帝が生きているかのように振るまい、巡遊の旅を続けたというのである。

九原《きゅうげん》というところに至った時、遺体が腐って、凄《すさ》まじい臭気を放ったため、随行の車にそれぞれ魚の塩漬一石《いっせき》ずつを積ませ、ようやく咸陽《かんよう》にたどりついてから、始皇帝の死を明らかにした。

その死の原因について、琅邪において、化物に襲われ、その時の怪我《けが》がもとであったと記しているのは、ただ、『史記拾遺』のみである。

一章　幻獣城

1

よっちゃんは、上野公園を歩いている。

もう、夕暮れだ。

十二月の日暮れは早い。

ジーンズを穿《は》いて、長袖のTシャツを着て、その上に浴衣《ゆかた》を着ている。

そして、足袋に下駄。

目立つ姿だった。

いい歳をしたおっさんが、得体の知れない格好をして、夕暮れの上野公園を、駅の方から噴水の方へ向かって歩いていれば、人が振り向く。

通りすぎてから振りかえる。

あからさまに、好奇の視線をおくってくる人間もいるが、半分以上の人間は、無関心なふりをしている。

自分がどれだけ、妙な格好をしているかは、よっちゃん自身がよくわかっている。

からころと、下駄が鳴る。

大きな、四角い、平べったいものを布に包んで、学生風の男が、それを両手に抱えて向こうから歩いてくる。

藝大の学生だと、よっちゃんにはわかる。

四角いものは、絵だ。

近くにある東京藝大の油絵科の学生が、描いた絵を持って、駅へ向かっているのだ。

描いたばかりとわかるのは、すれちがう時に、油絵の具の匂いがしたからだ。

あれを持って、電車に乗せてもらえるのだろうか。

そんなことを、よっちゃんは思った。

からころと、下駄が鳴る。

大鳳《おおとり》と別れたのは、この日の朝だ。

昨夜は、渋谷で大鳳と一緒に過ごした。

過ごしたといっても、ホテルや旅館の部屋ではない。

一般人から見れば、ただの野宿だ。

ビルとビルの間の、風がこないところ。

この頃は、地下にいると追い出されてしまうので、寒いけれどもそうなってしまう。

見つけた段ボール箱を拾って、周囲を囲えば、それだけでプライベートな部屋ができあがる。

床に段ボールを敷き、段ボールがまだあまっていたら、たてた段ボールの上に載せる。

それで、かなりあたたかい。

大鳳に頼まれたのは、ささやかな買いものだった。

自分では買いに行けないから――

大鳳はそう言っていた。

買ったものを箱につめて、それを大鳳に渡した。

これを何に使うかは、よっちゃんは訊ねなかった。

ちょっとこわい気がしたし、訊ねて、本当のことを教えてもらったら、逆に困ってしまうかもしれないとも思った。

大鳳は、別れる時に、行く先を告げなかった。

それは、大鳳の優しさだと、よっちゃんはわかっている。行く先を教えたら、何かの時に面倒になるだろうと、大鳳は――吼《こう》ちゃんは判断したのだろうとわかる。

大鳳と別れてから、よっちゃんは、急に淋しくなった。

半日、渋谷の街をうろうろしたのだが、わけもなく淋しくて淋しくて、ついにたまらなくなって、上野へゆくことにしたのである。上野には、玄道師・埴輪《はにわ》道灌《どうかん》がいる。

道灌に会って、大鳳と会ったことを伝えようと思ったのだ。

からん、
ころん、
と、下駄を鳴らして歩いてゆく。

今、道灌はどこにいるのか。

夏の夜だったら、樹の上に登って、覗《のぞ》きをやったりしていることもあるが、冬になると、そういう機会もない。

ただ、公園のどこかにはいるはずであった。

道灌は、上野公園の名物——というか、知る人ぞ知る占い師だ。

占いをやって、小銭を稼いでいる。

よく当たると評判だし、占いのあとにやる見世物にも客が寄ってきて、時に、投げ銭などももらえる。

それで、道灌さんは、税金などを払っているのだろうか。

ふと、そんなことも思う。

たぶん、そんなことはしていないはずであった。

噴水の前に、人だかりが見えた。

あそこだ、と思った。

たぶん、あそこだ。

足を速めて、その人だかりのところへ向かった。

人だかりは、十二、三人。

人を、二、三人分けて、中へ入った。

いや、分けたというより、よっちゃんが寄っていったら、向こうからよけて退《の》いてくれたのだ。

凄《すご》い臭いがしていたからだろう。

このところ、身体をしばらくふいてないから臭うのだろう。

その人だかりの半円の奥に、道灌が座していた。

石畳の上に、胡座して、開いた両手を上にもちあげ、手の平を下に向けている。

その両手と、指が、ひらひらと踊っている。

その両手の下で、小さな人形が動いているのである。

「あれ、ごむたいな。何をさっしゃる」

道灌が、女の声色で言う。

道灌は、白髪だ。

額が広く禿《は》げていて、そして猿のように小さい。

着ている白い服は、道服のようであった。

といっても、よっちゃんは、本物の道服がどういうものかわかっていないので、そう思っているだけだ。

自由人にしては、案外身ぎれいだった。

静岡だったか、三島だったか、そっちの方に住んでいる、工藤《くどう》なんとかという女の人に恋をしたからなのか、つきあうようになったからなのか、そんなことが原因で、身ぎれいになったのだとよっちゃんは思っている。

「おやめくださいまし」

道灌の右手の下で、女の人形が、尻もちをついた。

和服姿の女の人形。

「だめだだめだ。貸した金百両、今日返《けえ》してもらう約束だ。返せねえってんなら、その身体で返してもらおうか——」

道灌が左手を動かすと、その下で、男の人形が動く。

女の人形に手をかけ——

「悪いようにはせぬ」

「いいえ、それが悪いようにしてることでございます」

「うるさい」

どうやら、金貸しが、金を返せない女を手ごめにしようとしているところらしい。

「あれえ」

道灌が、頭のてっぺんから抜けるような女の声をあげる。

ここで、道灌は地声にもどり、

「ああ、おしい。これから、この場に小太郎天狗があらわれて、およしなさいのおよしさんを助け、悪徳金貸しの、ハゲ徳と切ったはったのちゃんちゃんばらばらとなるのでございまするが、本日はこれまで――」

そう言って、人形の上にかざしていた手をのけた。

すると、さっきまで、人形と見えていたものが、はらり、はらりと地に落ちた。

落ちて倒れてみれば、それは、立体的な人間ではなく、二枚の、人の形に切り抜かれた紙であった。

倒れたその紙の人形の上に、それぞれ、

「霊」

「宿」

「動」

の文字が筆で書かれていた。

道灌が、幻術で、紙が動いているように見せていたのである。

「ほうっ」

という息が、見物人の間から洩れた。

「さあ、今日は、これでしまいぞ」

道灌が言うと、老人を囲んでいた輪から、人が、ひとり、ふたりと消えてゆく。

風が吹いて、ふわりと、人形が持ちあがる。

「おっと」

道灌が、手を伸ばして、紙の人形を宙で摑《つか》み、それを懐へ入れた。

輪が消えて、そこに、ぽつんとよっちゃんが残った。

にっ、
と道灌が笑って、

「ヨシオ、どうした」

声をかけてきた。

「何か、話でもありそうな面《つら》だな」

その声が耳に届く。

優しい声だ。

「道灌さん……」

よっちゃんの眼から、涙があふれそうになった。

「何があった?」

道灌が訊ねてきた。

「吼ちゃんが……」

と、よっちゃんは言った。

「吼ちゃんが……」

「吼ちゃん? 大鳳か?」

「うん」

うなずいた時、よっちゃんの眼から、ぽろりと涙がこぼれる。

道灌は、大鳳が、キマイラ化しかけるのをその眼で見ている。

「大鳳がどうした」

「吼ちゃんが、遠くに行っちゃうんだ」

「遠くへ？」

「遠くへ行っちゃって、もうもどってこない。それが、わかる……」

「何を言っているんだ、ヨシオ」

そこまで、道灌が言った時、ふたりの横に立つ人影があった。

よれよれのコートを着て、帽子を被った青年だった。

青年は驚いた顔で、よっちゃんを見つめていた。

「よっちゃん、どうしてここに？」

その青年が言った。

「岩さん」

よっちゃんは、その青年の名前を口にして、その青年——岩村賢治にしがみついて、おんおんと声をあげて泣き出した。

「どうしたの、よっちゃん。どうしたの？」

岩村は、よっちゃんの肩を抱いた。

この上野公園で、夏に、焚火《たきび》を囲んで、みんなで飲んだ。

大鳳もいた。

そこで、岩村は、詩を詠んだ。

詠みながら、泣いていた。

あれは、もう、どれくらい前か。

この夏のことなのに、もう、二十年、三十年も前のような気が、よっちゃんはした。

「どうしたのじゃ、岩村よ……」

道灌が立ちあがった。

よっちゃんの肩を抱きながら、岩村は肩越しに道灌を見やり、

「こんど、ぼくの本が出ることになって――」

そう言ったのである。

2

冷たい風が、背を打っている。

登りはじめた時よりも風が強くなったように感ずるのは、高度があがったからであろうか。

五〇メートルに余る、ほぼ垂直の岸壁であった。

垂直ではあるが、溶岩が冷えて固まったものであり、至るところに、手をかける場所

や足をのせる場所はある。しかも、ところどころには、摑むことのできる灌木《かんぼく》や木が生えているので、登るのに困るということはなかった。

問題は、夜であるということだ。

しかし、夜の方が発見されにくいということを考えれば、闇はむしろありがたいくらいである。

それに、大鳳は夜目が利く。

常人よりずっと、ものがよく見える。

明かりがわずかでもあれば、梟《ふくろう》並みの視力があるのだ。

今、空にかかっている半月程度でも充分と言えた。

さらに、筋力でも、同じ体重のトップアスリート以上のものを持っている。

空は、地上よりも、ずっと風が強いらしい。

雲の動きが疾《はや》い。

月は、流れる雲に、何度も呑み込まれては、吐き出される。

雲は、まるで、月を啖《くら》う獣のようだ。

呑み込まれた月は、雲の腹の中でも、青く光っている。

伊豆には、まだ明るいうちに着いている。

龍王院弘《りゅうおういんひろし》が語ったという家——溶岩台地の南側、海の際に建つ屋根が赤い瓦でできた洋館は、すぐに見つかった。

門の内側に、大きな欅《ケヤキ》が生えているのも確認できた。

近くまではゆくことはできない。

防犯カメラが、家からその周囲に向かって設置されているとわかっていたからである。

かわりに、いったん敷地内に入ってしまえば、家の中にも、庭にも、カメラは設置されていない。

龍王院弘が、そこまで九十九《つくも》に伝えていたのである。

宇名月典善《うなづきてんぜん》、人からものを訊《き》き出すのがうまいというのは、本当のことらしい。

ともかく、それで、海側から崖を登って敷地内に潜入することにしたのである。

二〇〇メートルほど離れた場所から、いったん崖の下までおり、そこから横へトラヴァースして、件《くだん》の屋敷の下まで移動し、あらためて、そこから登りはじめたのである。

九十九は、二〇〇メートル離れた場所——大鳳が崖を下りはじめた場所で待機している。

三時間たって、大鳳がもどらなかったら、九十九が警察に連絡をとることになっている。

大鳳がもどらないということは、それは、龍王院弘がもたらした情報が正しかったということになる。つまり、深雪《みゆき》がそこにいるということになる。

深雪の身は案じられたが、まさか、警察がやってくるその最中には、彼らも深雪を殺しはすまい。屋敷の中で、深雪の死体が見つかったりしたら、彼らは、どういう言い訳もできなくなる。

もしも、彼らが深雪を殺すとするなら、その死体を絶対に見つからぬようにできるか、誰が手を下したのか、完全にわからぬようにできると確信した時であろうと判断したからだ。

九十九も、大鳳と一緒に来たがったが、発見された時、ふたりよりもひとりの方が逃げやすい。

それで、九十九が残ったのだ。

大鳳は、二〇メートルのザイルを肩から斜めに身体に巻きつけている。

いざとなったら使うつもりでいたのだが、まだ、使わずにすんでいる。

この潜入の目的は、深雪の救出ではない。

深雪が屋敷にいて、もしもそのチャンスがあるのなら、救出をためらったりはしないが、まず、目的は、深雪が本当にここにいるかどうかを確認することである。いるのなら、どういう状態でいるのか。

それを確認する。

そうした後、方法はいくつかある。

ひとつは、自分たちで深雪を救い出すことだ。

しかし、それがたやすくできるとは思えない。

もうひとつは、警察に連絡をして、後の全てを警察にまかせてしまうことだ。

もうひとつは、雲斎《うんさい》に連絡をとることだ。

あるいは、久鬼玄造《くきげんぞう》でもいい。

雪蓮《せつれん》の一族——亜室健之《あむろたけゆき》だっていい。

彼らの助けを借りるのだ。

しかし、久鬼玄造が、何を考えているのかがわからない。

雪蓮の一族は、深雪の救出よりも、大鳳の身柄を完全に確保することの方を優先させるであろう。

これが、一番いい、という考えに、まだ大鳳はたどりついていない。

信頼できるのは、今は九十九だけだ。

いよいよとなった時には、最後の手段を使うしかない。

よっちゃんに頼んで手に入れたものだ。

大鳳は、今、ウエストポーチを腰につけている。

その中に、よっちゃんに頼んで手に入れたものが入っている。

できれば、これは使いたくない。

使いたくはないが、それが必要な時にはためらわず使うつもりでいた。

九十九にも、それが何であるかを教えていない。

言えば、絶対に止めるであろうからだ。

ゆっくりと、大鳳は登ってゆく。

難しい登攀《とうはん》ではない。

その気になれば、倍以上の速さで登ることはできる。

だが、それで、浮き石を落としてしまったりしたら――

侵入者のあることを、ルシフェル教団の連中に知られてしまうであろう。

たどりついた。

しかし、すぐには顔をあげない。

まず足場を充分に確保して、崖の縁より少し下にある岩のでっぱりに両足をのせ、ゆっくりと顔を持ちあげてゆく。

見えた。

庭があった。

芝生があり、灌木や木立があり、その向こうに、建物が見える。

赤瓦に、煉瓦《れんが》の壁。

庭に、二箇所、外灯が立っていて、その灯りで、風景が見てとれる。

庭の中央あたりより、やや崖側寄りに、大きな欅の樹が一本。

その根元に、木製のベンチがひとつ置かれている。

人の姿はない。

肩から、ザイルをはずす。

ザイルの端を、岩のでっぱりに巻きつけ、結ぶ。

顔に、マスクをした。

見られても、誰だかわからないようにするためだ。

頭には、ニット帽を目深に被っているので、頭部のほとんどは、これで隠れたはずであった。

灯りの点《つ》いている部屋が、みっつ。

一階にひとつ。

二階にふたつ。

いずれも、窓に人影は見えない。

建物に近づくコースを、頭の中で決めた。

崖からあがって、すぐに右の躑躅《ツツジ》の灌木の陰に身を隠す。

次が、ベンチの陰だ。

そして、その先の左側に、また灌木がある。

そこからは、もう、建物はすぐだ。

まず、一番手前の灌木の陰へ。

うまくいった。

そして、ベンチの陰に這《は》い込んで、息を整える。

続いて、建物に近い灌木の陰へ。

一階の灯りの点いている窓は、近い。

灌木の陰から顔をあげて、中をうかがう。

人の気配はない。

そして、あらためて気づいたのだが、窓が壊れていた。

木製の格子の入った窓とはわかるが、それが、中央で大きく割れていた。その割れた箇所をそのままにして、鉄パイプを縦横に何本か渡し、その上から透明なビニールを貼りつけている。

この部屋で、何があったのか。

次が、二階であった。

二階を覗くのにちょうどいい樹は……

あった。

ここへたどりつくときに通り過ぎた、根元にベンチの置かれたあの欅の樹がいい。

さっきとは逆の順で、再びベンチの陰まで移動する。

ベンチの上に立つ。

欅が死角をつくっているため、建物からは見えない。

ただ、樹に登れば、幹が細くなるため、全身を隠すことはできなくなる。

数度、呼吸を整え、小さくジャンプする。

一番下の枝に、手が届いた。

そのまま身体を引きあげ、枝の上に立つ。

ここまではだいじょうぶだ。

大鳳の身体よりも、幹の方が太い。

しかし、二階の窓から中を覗くためには、もうふたつ上にある枝の上に足をのせなければならない。

そこまであがると、いやでも身体の一部が向こうから見えてしまうことになる。

もうジャンプしなくとも、手を伸ばすだけで、何本かの枝には届くので、登ること自体は難しいことではない。その動きを、見られないようにすることの方に注意を向けなければならない。

慎重に、予定の枝までたどりつき、足をのせた。

できるだけ、ゆっくりと動く。

ものを確認する時、眼に留まるのは、そのものの色、かたち、質感、量、動きである。

このうちで、もっとも目立つのは、ケースにもよるが、動きである。

周辺の環境と違和感のある動きをするものが、一番目立つのだ。

だから動きをゆっくりとしたのだ。

もう、充分な高さである。

わずかに、顔を幹から出して、右眼で覗いた。

見えた。

人がいた。

そして、その途端、大鳳の心臓が、どくん、と鳴った。
深雪だ。
織部《おりべ》深雪の姿が、その窓の中に見えたのである。
二階の、灯りがついたふたつの窓は、同じひと部屋に設けられたふたつの窓であった。
向かって、右の窓の大きさが、幅三メートル。
左の窓の大きさが、二メートル。
そのふたつの窓の間にある壁、死角部分が二メートル。
それぞれの窓の左右の端から壁までが、一メートルずつはありそうであった。
広そうな部屋であった。
大鳳から見える壁一面は、本棚で、そこにぎっしりと本が並んでいる。
本棚の前に、三メートルはありそうな机がひとつ。
見た目の感じは、図書室である。
三人の人間が見えていた。
座している者がふたり。
立っている者がひとり。
立っている者は、後ろ姿であったが、若い男と見えた。
まだ十代。
髪は金髪。

身体つきは、ほっそりとしていて、黒いシャツに、黒いズボンを穿いていた。

その身体つきと、肩ごしに見える頬のラインが、若い男と見えたのである。

もうひとりの男は、座していた。

こちらは、老人と見える。

身につけている上着のセンスと白髪が、そう思わせる。

そして、本棚を背にして、こちらに顔を向け、机の前に座しているのが、若い女だった。

若い女——織部深雪であった。

忘れようがない。

どれほど遠くから見ても、忘れるわけはない。

あの髪。

あの顔。

あの眸《め》。

見た瞬間に、深雪についての全ての記憶がいちどきに蘇《よみがえ》った。

思わず声が洩れそうになった。

それを、大鳳は喉の奥で止めた。

髪の匂い。

肌の匂い。

声の記憶までもが、鼻の奥、耳の奥、そして脳の奥に蘇ってきたのである。

覚えている。

忘れるわけはない。

「優しいのね」

それが、大鳳が初めて聴いた深雪の声だった。

早朝の西城学園《せいじょう》で、犬のサンシロウに、牛乳を舐めさせている時に、声をかけられたのだ。

あの時、匂っていたのは、洗ったばかりの髪の匂いだ。

脳の細胞のひとつずつにまで、記憶が染み込んでいる。

一時は、もう、二度と会うことはないと、覚悟した。

会わない方が、深雪のためであると。

連絡もとらなかった。

雪蓮の一族と共に、日本を出て、異国の地で暮らす——それがお互いのためであると
——

本来であれば、もう、日本を出ていたかもしれない。まだ日本を出ていなかったのは、顔が、まだ変形《へんぎょう》からもとにもどりきれていなかったからだ。国外へ出る時に、税関で、顔の異常に気づかれてしまう可能性があった。

久鬼に至っては、まだ、人前に出られるような姿ではない。

ああ――

自分は、人ではない。

いや、人ではあるのかもしれないが、通常の人ではない。

普通の人間の感覚で言えば、化物だ。

深雪は、普通の人間として、普通の人間の社会で、幸せにならなければいけない。自分にそれを邪魔する権利はない。

そう思っていた。

今も思っている。

しかし――

しかし、今、深雪が恋しかった。

何よりも。

よけいなことは考えない。

このまま、この枝から飛んで、窓を打ち破り、深雪を抱えて飛び出せばいい。その後どうなるかなどということは、自分の考えることではない。

そんなのは、神が考えるべきことだ。

神に考えさせればいい。

その衝動が、こみあげてくる。

しかし、大鳳は、それに耐えた。

九十九からも、そして、亜室健之や由魅《ゆみ》からも聴いている。

ルシフェル教団のことを――

それから考えれば、あの若い金髪の男は、グリフィンであろう。

そして、老人と見えるのは、アレクサンドル――おそらくは、馬垣勘九郎《まがきかんくろう》を、雪の夜に殺した男だ。

そして、あのフリードリッヒ・ボックもどこかにいるはずであった。

銃の用意もあるかもしれない。

深雪を助け出すといっても、簡単なことではない。

やるべきことは、今夜、深雪が、どの部屋で眠りにつくかということだ。

もしも、独りで眠るのであれば、それを見はからって、窓から侵入し、わからぬように助け出せばいいのだ。

今は――

落ちつかねばならない。

気配を殺し、呼吸を整えねばならない。

この、少し離れた欅にしてよかった。

これまで、できるだけ気配を殺して動いてきたのだが、深雪の姿を見た瞬間は、気配を殺しきれなかった。

窓にもっと近い樹を選んでいたら、その気配の乱れを、グリフィンかアレクサンドルに気取られていたであろう。

呼吸は、すぐに整った。

気配も、今は、完全に断っている。

直接視認されるのでなければ、見つかることはない。

もう一度、顔の半分を出し、窓へ眼をやった。

さっきと、同じ光景が眼に入った。

深雪が、本棚を背にして、こちらへ顔を向けるかたちで、アレクサンドルと向きあっている。

深雪が、時おり顎を引いてうなずき、その唇が動くのを見ると、どうやら、深雪はアレクサンドルと会話をしているらしい。

そして、グリフィンは、立ってふたりの会話に耳を傾けている――そんな状況のように見えた。

しかし、何を話しているのか。

大鳳が、多少なりともほっとしたのは、深雪の顔に、疲労の色はあっても、怯《おび》えの表情がなかったことだ。

と――

窓と窓との間の壁から、左側の窓の視界の中に、ひとりの男が歩み出てきた。

やはり、まだ、人がいたのだ。

背の高い男——ボックであった。

一瞬、大鳳は、ボックが窓の外に視線を向けるのかと思った。

大鳳は、あえて、身体を動かさなかった。

こういう時にやっていけないことは、身を隠すために、急に身体を動かすことだ。

その不自然な動きが、気取られることにつながる。

むしろ、見えている部分が少ないのなら、ただ動かないということが、最良の方法なのである。

しかし、ボックは、窓の外に視線を向けてはこなかった。

深雪に視線を向けながら、ゆっくりと左の窓の中を通りすぎて、そのさらに左の壁の陰にその姿を消した。

どうやら、ボックも、立ったまま、壁に背をあずけるようにして、アレクサンドルと深雪の会話を聴いていたらしい。

動いたのは、たまたま、場所を移動しようと考えたからであろう。

話の流れで、何か、ひと呼吸、間《ま》を置くようなことがあったのかもしれない。

ボックの姿は、左の壁の陰へ消えたまま、もどってこなかった。おそらく、その壁に背をあずけて、アレクサンドルと深雪の会話に耳を傾けているのであろう。

知らぬ間に、大鳳は、顔の半分以上を、樹の幹から出していた。

その時、深雪が、たまたま顔をあげ、窓の外を見た。

眼が合った。

あ、というかたちに、深雪の口が開かれた。

その瞬間、大鳳は、樹の上から飛びおりていた。

一瞬も迷わなかった。

飛びおりて、木製ベンチの陰に身を隠した。

眼が合って、深雪の唇が開いた後、何が起こるかはわかっていた。

アレクサンドルも、グリフィンも、そしてボックも、深雪のその表情の変化に気づいたであろう。

そして、その意味も。

深雪の眼が、窓の外に、何かを見た――

そう思うに違いない。

深雪が、そこでどんなにとりつくろおうと、三人のうちの誰か、あるいは三人が、必ずやることは、窓の外を見ることである。

次には、窓まで歩み寄って、窓を開いて外を見ることだ。

しかし、何も見えないはずだ。

深雪と眼が合った瞬間には、それだけの判断をして、飛びおりたのだ。

それから窓の外を見ても、何本かの樹の梢が見えるだけだ。

少なくとも、深雪の位置からは、地上を見ることはできない。だから、三人が、何かを確認するため、窓の外を見ても、そこに異常なものを見なければ、そのまま会話にもどるはずだ。

注意深ければ、窓までやってきて、窓を開け、外を確認するだろう。

しかし、そこまでであろう。

深雪が、どう彼らに答えるかにもよるが、それ以上のこと——たとえば、外に出てきて何かを捜す、ということまでするであろうか。

いや、するかもしれない。

可能性はある。

今が、通常の状態ではないからだ。

雪蓮の一族や、久鬼玄造たちがどう動くかも、彼らは気にしているはずだ。

動かずに、耳を澄ます。

片膝と片手を地について、身を縮めている。

ほどなく、窓の開く音がした。

そして、ほどなくまた窓の閉められる音がした。

気づかれたのか。

何事もないと、彼らは判断したのか。

それを考えていると、

「おまえ、だれ、だ……」

低い声が聴こえた。

男の声であった。

しかも、聴き覚えがある。

声の方に、眼をやった。

ひとりの男の影が立っている。

外灯の下だ。

ずんぐりとした、小男。

足が短い。

「だれ、だ、おま、え――」

菊地《きくち》だった。

信じられないことに、あの菊地良二《りょうじ》が、すぐ向こうに立って、こちらを見つめていたのである。

細い眼が、外灯に光っている。

どうして菊地がここにいるのか。

あんた、菊地……

という言葉が出そうになったが、大凰は、それを喉の途中で止めた。

顔は、ニット帽とマスクで隠している。

しかし、はやまって声を出せば、自分が誰であるかを菊地に気づかれてしまう可能性がある。

菊地がどうしてここにいるのか、どういう立場にあるのか、それがわからない以上、声を出すわけにはいかない。

大鳳は、ゆっくりと立ちあがった。

「ぼくは、敵ではありません」

わざと、声を潰し、声をかすれさせて言った。

これなら、たぶん、気づかれることはないであろうと思った。

しかし——

「その、声、聴いた、こと、が、ある、な……」

菊地の眸が光る。

「その、髪の毛の、色も、覚えて、いる……」

菊地の、ぱっくり割れた口元が、笑みのかたちになった。

「久鬼、の、やつか、おおとり、か……」

ふしゅううう……

低い呼気を吐いた。

菊地の腰が、浅く沈んだ。

「どっち、でも、いい」

菊地が、にたり、と笑う。
「どっち、にしたって、おれの敵だ、からな……」
ふひゅっ、
と、菊地の唇が音をたてた。
菊地の身体が、大鳳に向かって、ふっ飛んできた。
大鳳は、跳んだ。
上へ。
宙で、突進してきた菊地の頭を右手で押さえ、身体を一転させる。
一転した大鳳の下を、菊地の身体が通り過ぎる。
通り過ぎてから、菊地は足を止め、ふりかえった。
すでに、一転し終えた大鳳は、地に降り立っている。
両手、両足を地面についている。
四つん這いになった獣のかたちだ。
地についた、大鳳の右手の甲に、傷がある。
菊地の爪が、抉《えぐ》ったのだ。
「へ、ひぃ……」
菊地が、笑う。
前歯が、数本、ない。

ふしゅるるるる……
菊地が、呼気を吐く。
菊地と対峙している大鳳は、妙な違和感を覚えていた。
眼の前にいるのは、確かにあの菊地であった。
しかし、どこかが違う。
菊地であって、菊地でないような。
細い眼の奥に、針先のような光を宿しているその眸。
薄い唇。
しゃべり方。
どれをとっても、あの菊地であるのだが、何かが違っているような――
眸の光ではない。
眸の色だ。
しゃべり方というよりは、声の波動のようなもの。
気配。
そういうものが、大鳳の知っている菊地と、わずかにずれているようなのである。
何かに憑《つ》かれているのか。
何かに憑依《ひょうい》されていながら、本人がそれに気づいていない。
菊地が、近づいてきた。

その時——

二階の窓が開いた。

誰かが、庭を見下ろしているようだ。

ここで争っている気配が、とどいたのであろう。

しかし、そちらへ視線を移しては、菊地の攻撃に、この身がさらされることになる。

それでも、注意が窓の方へ向いたことに、菊地は気づいたのであろう。

菊地の速度が、ふいにあがった。

いっきに距離がつまった。

大鳳が、地から上体を浮かせながら、右掌を前に出す。

それを、菊地の顔面に当てた。

叩《たた》いたのではない。

当て、包み、その掌から、気を放った。

菊地の頭部に、気を注ぎ込んだのだ。

しかし、左頰に攻撃を受けていた。

気を注ぎ込む時に、溜めのための間《ま》を作ってしまったのだ。

一瞬のわずかな間であったが、その隙間《すきま》に菊地の右掌が入り込んで、大鳳の左頰を打ったのだ。

しばらく会わぬうちに、菊地の技が驚くほど上達していた。

菊地の掌が、大鳳の頰を打ったところで止まった。

菊地の眼が、大鳳を見ていた。

「おまえ、大鳳……」

菊地が、大鳳を見ながらつぶやいた。

菊地の眸から、すうっと光が消えた。

菊地が、つんのめるように、前に倒れた。

その時、庭が騒がしくなった。

何人かの人間が、庭に出てきたらしい。

「あっちだ」

「あそこにいるぞ」

声と、人影が迫ってくる。

大鳳は、走り出した。

海の方向へ。

「逃げたぞ！」

声と足音が、大鳳を追ってくる。

しかし、大鳳の方が速かった。

その場所はわかっている。

大鳳は、走りながら、地に置いてあったそれを拾って握った。

跳んだ。

そのまま、広い闇の空間へ、大鳳は飛び出していた。

遠くに、灯りが見えた。

月。

星。

そして、風。

気持ちがいい。

重力が消える。

落下。

ぐん——

と、ザイルを握った手に、自分の体重がかかる。

さっき、登った時に、岩に、端を結び付けたザイルだ。いざという時の脱出のために、用意しておいたザイルだった。

走りながら、大鳳はそのザイルを拾い、握っていたのである。

大鳳は、体重がかかったその瞬間に、宙で身体の向きをかえていた。

これまで、崖を背にしていたのだが、宙で崖の方へ向きなおったのだ。

伸びきったザイルが、振り子のように、崖の方へもどってゆく。

両足を前に出す。

崖の岩に、身体が正面衝突するのを避けるためだ。

足の先が、まず、崖の岩に触れる。

膝を曲げ、崖にぶつかる速度を上手に殺した。

ザイルから手を離し、崖にしがみつく。

そして、崖を下りはじめた。

ザイルは、捨てた。

誰かがザイルに気づいて、それを伝って後を追ってくるにしても、大鳳の方が速い。

あっという間に下に着いていた。

3

大鳳が、崖から宙に飛んだ時――

沖合約六〇〇メートルの海上に、一艇のクルーザーが浮かんでいた。

全ての灯りが消されているため、ちょっと海を眺めただけでは、そこに船が浮いているということはわからない。

船体の色も、白ではなく、濃紺で目立ちにくい。

夜――

どのような船であれ、停泊中であれ、航行中であれ、灯りを点《つ》けねばならない。その灯りが点《とも》されていなかった。

このような船が海上にある時、通常は、ふたつの理由が考えられる。

ひとつ目は、電気系統にトラブルがあって、灯りが点かない場合だ。

もうひとつは、その船が、犯罪に関わっている場合だ。

考えられるのは、密貿易である。

たとえば、禁止薬物などを、海上で取り引きするケースが、それにあたる。

もうひとつあるのが、密漁だ。

夜、海に船を出して、禁止されている漁をする。

サザエや鮑《アワビ》などの貝を獲ったり、イセエビなどを獲ったりする。伊豆あたりの海では、このケースが多い。

しかし、どうやら、そういう船でもないらしい。

というのも、その船に、何人もの人影があるからだ。

全部で、六人。

密漁であれば、そこまでの人数にはならない。

少なければ、二人。

通常は、三人か、せいぜい四人である。

船の艫《とも》の方に、三人。

三脚が立てられ、その上に望遠鏡のようなものが取り付けられ、一人がそれを覗き込んでいるのである。

「一人、飛びおりました」

望遠鏡のようなものを、覗き込んでいた男が言った。

「誰だ」

問いかけたのは、久鬼玄造であった。

「さっき、屋敷に潜入した者。おそらく、九十九三蔵《さんぞう》の連れであろうと思われます」

「九十九の方は？」

「動いていません」

この声は、船内から響いた。

船内で、モニターの画面を見ている者が言ったのだ。

「陸《おか》の方にも、連絡をしておけ……」

別の声が言った。

この別の声は、宇名月典善が発したものである。

「陸のひろしには、まだ動くなと言っておけ。勝手に何かするのではないとな――」

「わかりました」

その返事のすぐ後に、

「近づきますか？」

操舵席《そうだせき》にいる男が、問うてきた。

「やめておけ。気づかれたら、面倒だ。もう少し、様子を見る」

玄造が言う。

「飛びおりた者は？」

典善が問う。

「崖を下って、今、もとのコースをなぞるように戻っています」

望遠鏡のようなものを覗いている男が言った。

それは、暗視装置と呼ばれる光学機械であった。

夜でも、星明かりでも、どれほどわずかでも灯りがあれば、その弱い光を増幅してくれる。

正式名称は、「75式照準用微光暗視装置II型」――自衛隊が使っているものである。

通常は火器に取りつけて使用されるものだが、単体で、三脚などにのせて使ったりもできる。

どうして、このようなものを久鬼玄造が調達できたのかは不明だが、玄造であれば、自衛隊にも、製造元の日本電気にも、それなりのパイプがあって不思議ではない。

「だいぶ、身が軽そうですね」

暗視装置を覗いている男が言う。

「誰かな……」

玄造が、典善に問うのでもなく、独り言のようにつぶやいた。

「真壁《まかべ》雲斎なら、それくらいのことは、やれそうでしょう」

典善が言う。

「追手は？」

玄造が問う。

「二人が、今、崖を下っていますが、速度はゆっくりです……」

「では、放っておくか」

玄造が、腕を組んでうなずく。

「しばらくは、様子を見よう。明日になれば、こちらの準備も整うからな」

「しかし、気になることがありますな」

つぶやいたのは典善である。

何か思うところがあるらしい。

「それは？」

「九十九ですが、記録によれば、夕方までにどこかに立ち寄っておりますな」

「うむ」

「山側の、ゴルフ場……」

「確かに……」

久鬼玄造は、思案顔で、船から、崖の上の家に点る灯りを見つめ、その後、天を睨んで、太い溜め息をついたのであった。

4

「いたのか、深雪ちゃんが――」

押し殺してはいるが、興奮を隠しきれない声で、九十九は言った。

「はい」

大鳳はうなずく。

「それから、菊地さんが……」

「菊地？」

九十九は、一瞬とまどった後、すぐに思いあたったのか、

「あの菊地良二か⁉」

地声になっていた。

「ええ」

「どうして、菊地が……」

「わかりません」

色々、ここで情報を交換したいところであったが、そうもしてはいられない。

侵入者に気づいたルシフェル教団の人間たちが、あたりを捜しまわるはずだったからだ。

少しでも早く、この場所から遠くへ行かねばならない。

「話は後にしよう。いったんここを離れたほうがいい」

「そうですね」

「行こう」

九十九が、先に立って歩き出した。

その右足の踵《かかと》を見て、

「九十九さん、ちょっと──」

大鳳が言った。

「何？」

「靴の踵に妙なものが──」

「何だって？」

大鳳が指摘したのは、九十九が右足に履いていたスニーカーの踵である。

「踵のところに、何かが、くっついています──」

「なに!?」

九十九は、スニーカーを脱いだ。

そのスニーカーの踵のあたりを、ペンライトで照らす。

踵のところから、一センチほどの長さの、黒い、糸のようなものが垂れていた。

そして、スニーカーの踵から、横に、やや大きめの、黒いマッチ棒の頭のようなものが出ていた。その頭から、黒い糸のようなものが、垂れているのである。

「これは？」

その頭のようなものを、指先でつまんで、引き抜こうとした。

小さすぎて、つまみきれない。

指のかわりに、歯を使った。

前歯で、そのマッチの頭に似たものを嚙《か》み、引いた。

じわじわと、ゴム底の踵の中から、それが引き出されてきた。

マッチ一本分には、少し足りない長さの、棒のようなものであった。

その先が、尖っている。

「これは？」

それを持って、九十九は、小さく首を傾けた。

いったい、何か？

それにしても、いったい、いつ、踵に、こんなものが、突き刺さっていたのか。

「探知機？」

大鳳が、言う。

「そうか、探知機か！」

九十九は、持っていたものを、顔に近づけ、ペンライトの灯りのもとで、それをしげしげと見た。

この、マッチの軸のように見えるところが電池。

そこから垂れている糸のようなものはアンテナか⁉

ここで、初めて、九十九は気がついたのであった。

そうであるなら、誰が、いつ、どこで、どうしてこのようなものを、靴に仕込んだのか。

あの時だ。

と、九十九は思う。

龍王院弘だ。

そして、龍王院弘が、円空山にやってきたのだ。

織部深雪が拉致されている場所——つまりここにある屋敷のことを、九十九に教えていったのである。

その時、自分は何をしていたのか。

石だ。

あの石を見つめていたのだ。

靴は、履いていなかった。

素足であった。

石の前で座禅をしていたために、あえて靴を履かなかったのではなかったか。

自分は下駄で、小舎《こや》の背後にまわり、そこで下駄を脱いで、石の前に座したのだ。

もし、龍王院弘がこれをやったのだとすると、自分が石を睨んでいる時だ。龍王院弘は、自分が石を睨んで座禅しているのを見て、円空山の小舎の入口から入って、靴を取り、これを踵のところへ埋め込んだのである。

それ以外には考えられない。

そして、龍王院弘は、自分に、気配をおくり込んできたのである。

それで、自分は龍王院弘に気づいたのだ。

どうして、このようなことをしたのかというと、自分に、行動させるためだ。ルシフェル教団のアジトのことを伝えれば、必ず自分が、アジトまでゆくであろうと考えたのに違いない。

現に、その通りになった。

ここから電波が発信されることにより、彼らは、自分がどこにいるのかを、監視しているのであろう。

九十九の体重が、スニーカーの踵にかかり、その内圧で、電池の入っている本体部分の頭がゴムの中から外に出てしまったのではないか。

糸状のアンテナだけではわからなかったかもしれないが、その頭の部分が出たことで、大鳳が、それに気づいたのではないか。

何故、気づかなかったのか。

「くそっ」

九十九は、思わず声をあげ、唸《うな》った。

二章　朧《おぼろ》の神

1

菊地は、自分の部屋にもどり、ベッドの上に腰を下ろし、繰り返し、繰り返し、さっきから同じことを考えていた。

何故、大鳳が、ここまでやってきたのか。

それが、わからない。

いや、わかっている。

織部深雪を助けに来たのだ。

そうに決まっている。

そうだ。

だから、正確に考えねばならない。

正確に考え、思えば、おれも、もう少し頭がよくなり、もう少し、ものがよくわかるようになるのではないか。

大鳳は、どうしてここに深雪がいることを知ったのか。

これまで、ずっと姿を見せなかった大鳳が、いったい、どのような過程を経て、ここにやってくるに至ったのか。

ああ――

いいぞ。

かなり正確に、おれは考えている。

答えは、

「わからない」

だ。

いったい、どのようにして、大鳳が、深雪がここにいるのを知ったのかなんて、わかるわけはない。

だから、これは、考えるだけ無駄なことなのだ。そんなことは、後で大鳳に会った時、本人に直接問えばいいことではないか。

しかし、この後、どこかでまた大鳳に会うことがあるのだろうか。

これも、答えはもう決まっている。

それは、

「わからない」

だ。

わからない。

しかし、可能性で言えば、会う機会がないことはない。

大鳳は、逃げた。

すると、もう一度大鳳は、深雪を助けるため、ここにやってくるかもしれない。ここで、失敗したからといって、大鳳が、深雪を救おうとすることを、あきらめるわけがない。

ならば、大鳳はまたやってくる。

その時に、訊けばいい。

「おい、大鳳、おまえ、これま、で、どう、していた、のか——」

答えてくれるであろうか。

これも、

「わからない」

だな。

でも、わからないなりに、答えてくれそうな気もしている。

答えてくれれば嬉しいな。

大鳳のことを考えると、なんだか、楽しいな。

でも、おれは、大鳳にひどいことをしてしまった。

大鳳に、襲いかかってしまったのだ。

深雪を救おうとしていた大鳳を邪魔してしまったのだ。

確かにおれは、大鳳のことが、好きじゃない。

久鬼のやつも、嫌いだ。

しかし、こういう時に、大鳳のやろうとしていることを、邪魔してやろうとは思ってはいない。

大鳳と久鬼のやつが、変なものになってしまうというのは、わかっている。

人が、獣になってしまう。

それが、どれほどのことか。

それが、わかる。

おれは、あいつらが、おかしくなってしまったものを見ている。

おれが、思っていたのと違う。

スタイルがよくて、かっこよくて、女にもてて、自分と正反対のやつらだとずっと思っていた。

しかし、そうじゃない。

あいつらは、おれなんかより、ずっと、可哀想なやつらだったんだ。

それなのに、大鳳は、こんなところまでやってきた。

健気で、律儀で、案外にいいやつなのかもしれない。

こんな、おれの気持ちを、あいつらは、わかっているのだろうか。

なんだか、複雑だ。

人の心は複雑だ。

いや、人じゃない。

おれの心だ。

おれの心は、いったりきたりしている。

どうして、あんなことをしてしまったのか。

それは、わかっている。

おれが、普通じゃなかったからだ。

どうして、おれが普通じゃなかったのか。

それも、わかっている。

あいつだ。

あの爺い。

アレクサンドルだ。

海へ向かって飛んだと思ったら、空中で、何かに全身を打たれて、陸の方に押しもどされて、倒れたのだ。

起きあがろうとしたら、眼の前に、あの爺いが立っていて、おれを見つめていたのだ。

おれは、動けなかった。

あの爺いの顔が近づいてきた。

これは、喰われてしまうのかな。

そんなことを考えていたら、顔が、おれの顔のすぐ前にきて止まった。

もの凄い眼が、おれの眼を覗き込んできた。

あれを何て言えばいいのか。

深い穴――いいや、違うな。

深い穴よりもっと深い穴で、深いもの。

ああ、宇宙って言えばいいか。

宇宙を見あげるんじゃない、宇宙を見下ろすような、深い深いもの。

それが、おれを見つめていたのだ。

おれは、あいつの眼の中に、落っこちそうになった。

いや、本当に落ちたと思った。

そうしたら、声が聴こえたのだ。

「ぬしは、今日から、我らの飼い犬じゃ。犬のように、我らに仕《つか》えよ。この屋敷の庭の番犬じゃ――」

それで、おれは、番犬になったのだ。

なりたくてなったのではない。

色々、訊ねられた。

大鳳のことや、久鬼のことをしゃべったはずだ。

久鬼玄造の屋敷であったことや、宇名月典善のこともしゃべった。

そして、番犬になったのだ。

夜に、庭の見回りをしろと言われたのだ。

そして、大鳳と出会ったのだった。

おれは、正気にもどり、大鳳は逃げた。

そして、訊かれたのだ。庭で、何があったのかを。

おれは、嘘を言えなかった。

庭であったことを、みんなしゃべった。

庭の見回りをしていたら、不審な奴を見かけて、闘いになったのだと。

家の方から、何人か人が出てくる気配があって、それで、その不審な奴は逃げ出したのだと。

ただ、その侵入者が大鳳であることだけは言わなかった。

だから、嘘をついたわけじゃない。

口にしなかっただけだ。

奴らは、おれの言うことを信じた。

と、思う。

ボックたちが、おれが正気であったら、たぶん口にしないであろうことを口にしていたからだ。

「いったい誰が来たのだ？」

「わからぬ」

「沢井《さわい》と連絡がとれません。もしかしたらそのことと関係があるのかもしれません」

「どんな関係だ」

「わかりませんが、沢井は、この場所のことを知っています」

「沢井が、ここのことを誰かにしゃべったということか？」

「たぶん」

「明日の晩までだ。明日の晩、取り引きがすむまでは……」

「今すぐ、この場所を出る方がいいのではありませんか？」

「少なくとも警察関係者でないことは、わかっている。そうなら、玄関から来るはずだろう」

「ならば、わざわざ逃げなくともいいんじゃないのか。あと一日待てば、欲しいものが手に入るんだから……」

そんな会話をしていたのだ。

おれが横にいるのに。

おれが正気にもどったことを、こいつらは知らないのだと思った。

それなら、それでいい。

番犬のふりをして、どこかで隙を見つけて抜け出すのだ。

できれば、深雪のやつも一緒に。

おれに、そんなことができるだろうか。

あいつらに、とくに、あのアレクサンドルという奴に、正気になったことを気どられずに、深雪と一緒に逃げ出すということなどできるのだろうか。

いや、そんなことは考えなくていい。

やるしかない。

ばれたらばれた時のことだ。

それで、もともとだ。

やれ、菊地。

やるぞ。

おれは、やる。

2

森の中で、龍王院弘は、身を潜めている。

年経た楠の根元に、ひときわ大きな溶岩の塊りが露出していて、それが、太い根に抱え込まれている。

その隙間に潜り込み、そこで、モニターを見つめているのである。

モニターの灯りが外に洩れぬよう、黒い布を被っている。

モニターの画面では、緑色の光点が、さっきから奇妙な動きを繰り返しているのである。

動きはじめたと思ったら、静止する。静止したと思ったら、静止する前とは違う方向へ動いたり、時には逆方向に動いたりする。

九十九三蔵に、何かあったのか。

モニターを見ていると、光点は、最終的に、ほとんど、もとの場所といっていい所で、動かなくなった。

これはどういうことか。

確認せねばならない。

充電器をそこに残し、小型のモニターを持って、龍王院弘は、移動しはじめた。

布を被り、モニターの灯りが、できるだけ外に洩れないようにして、下生えを分けてゆく。

ほどなく、その地点に着いた。

しかし、人の気配はない。

しかし、モニターの中の緑色の点は、間違いなくこの場所を示している。

ということは、下か、上か——

上だ。
龍王院弘は、顔を真上に向けた。
頭上には、樹の梢が被さっている。
枝越しに、星明かりの空が見える。
落葉樹の、葉が落ちた枝を一本ずつ眼で追ってゆくと――
奇妙なものが見えた。
一見、鳥の巣のようなものだ。
何本もの木の枝と、樹の皮で構成された巣――
森で、しばらく生きたことのある龍王院弘には、それが何であるか見当がついた。
リスの巣だ。
おそらくは、台湾リスであろう。
伊豆では、台湾リスが、このところ増えている。
人が飼っていたものが逃げ出して、繁殖したのだ。
山の方にいたリスも、冬は、標高の低い海岸近くに下りてくるのだ。
「ふん……」
龍王院弘は、薄く笑った。
地面を見回して、月明かりで、小石を拾った。
梢を見あげる。

途中に、邪魔な枝がある。

「鬼勁《きけい》を使うか……」

龍王院弘はつぶやいた。

自分の唇が発した、鬼勁という言葉で、龍王院弘は、思い出していた。

かつて、師であった宇名月典善が、しばらく前に久鬼玄造の屋敷で口にした、

「鬼勁と言うても、それほどたいした技ではない」

という言葉を。

沢井に、無理やり、伊豆の隠れ家のことを白状させたあと、

「ひろし、話がある」

宇名月典善が、そう言ったのである。

「何の話です？」

龍王院弘は問うた。

「何でもよい。外へ出よ」

宇名月典善はそう言った。

「わかりました」

龍王院弘が答えると、

「玄造どの、庭を借りますぞ」

宇名月典善は、そう言って、龍王院弘に無防備すぎる背中を見せて、先になって歩き

出したのである。

3

庭へ、出た。

夕刻に近いが、まだ、外は明るい。

龍王院弘は、冷たい風の中で、宇名月典善と対峙していた。

典善は、夕焼けの西の空を背に負っている。

そこへ、久鬼玄造が、遅れて姿を現わし、

「何が始まるのか、見物させてもらおう」

母屋を背にして、腕を組んだ。

宇名月典善は、ちらりと玄造に眼をやりはしたが、何も答えずに、また視線をもどし、空を見あげた。

「よい雲じゃ……」

空に浮いた雲が、箱根外輪山の向こう側にある陽光を受けて、赤く染まっている。

典善は、しばらく空を眺め、視線を下ろし、龍王院弘を見やり、

「鬼勁を覚えたそうじゃな……」

そうつぶやいた。

「はい」

龍王院弘は、うなずいた。

「それを、わしに向かって試してみよ」

龍王院弘は、怪訝《けげん》な顔をした。

宇名月典善は、いったい、何を考えているのか。

確かに、典善には、これまでのことを短く語っている。

黒伏《くろぶし》という〝人犬〟のことや、九十九三蔵の兄、乱蔵《らんぞう》と会ったこと。そして、自分も、曲がる発勁《はっけい》——鬼勁を発することができるようになったことをしゃべった。

その時は、ふむ、ふむとただうなずいた典善が、今になって、何を言い出すのか。

「本気で当てて、いいのですか？」

「むろんじゃ」

典善はうなずき、赤い舌で、ぞろりと唇を舐める。

「そもそも、気とは何か？」

典善は言った。

「かつて、わしは、ひろしよ、ぬしに教えたことがある」

「覚えています」

龍王院弘は、うなずく。

それは、龍王院弘の修行時代のことだ。

長野の、山の中であった。

ちょうど、鹿を殺した時だ。

その鹿の肉を、喰おうとした時——

鹿の肝臓を、生で喰おうと、典善が言い出したのだ。

森の中で、火を焚いていた。

火がないわけではない。

それを、わざわざ生で鹿の肝臓を喰おうというのである。

「猟師はな、昔は、よくこれを生で食べた……」

鹿の体内から、肝臓を切り出すのは、龍王院弘がやった。

「ここへ置け」

と言われて、取り出した肝臓を置いたのは、倒木の上であった。

枯れて、倒れた樹。

その上に、苔が生えている。

その苔の上に置いたのだ。

すると、典善は、倒木に歩み寄り、右掌を肝臓の上に置いた。

「吩《フン》！」

典善の身体を、ふわっ、と何かが包んだような気がした。

それは、淡い光のようにも、温度のようにも、龍王院弘には思えた。また、その肉体が膨らんだようにも見えた。

「吩！」

「吩！」

典善の肉体が、発光する。

膨らむ。

肝臓から手を離し、

「見よ、ひろし」

典善が言った。

龍王院弘は、歩み寄って、肝臓を見た。

炎の灯りが、てらてらと赤黒い肝臓の表《おもて》を照らしている。

その表面を、何かが這っていた。

小さな、赤っぽい虫。

アメーバのような、蛭《ヒル》のようなもの。

一匹、二匹、三匹……

数えられない。

そして、それは、肝臓の内部から表面へと、さらに這い出てくる。

おそろしく不気味な光景であった。

「肝蛭《かんてつ》じゃ……」

典善がつぶやく。

「肝蛭？」

「鹿の肝臓につく虫——寄生虫じゃ」

「こんなものが……」

吐き気を催すような光景だった。

「水の中にいる、ヒメモノアラガイという貝がある。その貝が、この虫の中間宿主じゃ。水辺の草に、たとえばクレソンなどに、この貝がくっついている。それを鹿が食べる。そうやって、肝蛭は、鹿の体内に入ってゆく。人も同じぞ……」

おそろしいことを、典善は言った。

「喰え」

典善は言った。

「これを？」

「今、虫は追い出した」

しかし、そう言われて、喰えるものではない。

典善は、懐から、楔《くさび》形の刃物——暗器を取り出して、肝臓の表面を這う虫をこそぎとった。

その暗器の表面を、近くに生えていた虎杖《いたどり》の葉をむしりとり、それでふいた。

その暗器で、肝臓を削りとり、刃に載せて口へ運び、食べはじめた。

「喰え」

口を動かしながら、典善が、妖怪のような笑みを浮かべた。

とん、
と、典善が、暗器を倒木に突き立てた。

龍王院弘は、その暗器を抜きとり、肝臓を切りとり、それを口の中に放り込んだ。

生のレバーだ。

塩も、醬油《しょうゆ》も、ショウガなどの薬味もない。

嚙んだ。

ゴムのような感触だった。

血の味が広がる。

うまくもなんともなかった。

唸りながら、喰った。

血に濡れた唇の周囲を、右手の甲でぬぐいながら、

「今のは？」

龍王院弘は訊ねた。

「今の？」

「掌を当てて、中から虫を追い出したのを見ました」

「気だよ」

典善は言った。

「気を放ったのだ」

「気？」

「これさ」

典善は、右掌を龍王院弘に向けて、

「吩！」

また、典善の身体が、膨らんだように見えた。

ぱん……

と、顔に何かがぶつかってきた。

空気のようなもの。

しかし、空気ではない。

もっと別のものだと、今の感触がそう告げている。

風ならば、顔の、つまり、皮膚の表面だけだ。しかし、今、顔にぶつかってきたものは、肉の奥、骨まで届いてきたような気がする。

「気？」

「気だ」

典善は言った。

また、掌がこちらに向けられた。

「吩！」

龍王院弘の髪が、後方になびく。

「見よ」

典善は、虎杖の上に右掌をかざし、

「吩！」

また、同じことをした。

すると、ざわっ、と、虎杖の葉が揺れた。

足元から、典善は枯れ葉を拾いあげ、虎杖の葉の上に載せ、また、掌をかざした。

「吩!!」

すると、ざわっ、と大きく揺れたのは、虎杖の葉だけで、枯れ葉は動かなかった。ただ、虎杖の葉が揺れたので、枯れ葉はひらひらと下に落ちただけであった。

今、典善が放った気の力が、枯れ葉に作用しなかったのは明らかであった。

その眼に見えぬ力は、典善の掌から放たれているらしい。

「見たか――」

「見ました」

龍王院弘はうなずく。

「気の力は、生きているものにしか、作用しない。死んだものや、石、水には作用しない。しかし、水は、気を伝達する。それを覚えておけ――」

次に、宇名月典善は腰を落とし、両掌を龍王院弘の方に向け、

「哈《ハッ》!!」

さっきより大きい声をあげた。

ちょっと前に顔にぶつかってきたのよりは、ずっと大きな力が、正面から全身にぶつかってきて、龍王院弘の身体は後ろに飛ばされて、仰向けに倒れた。

「気を放って、こういうこともできる」

典善は言った。

その時のことを、龍王院弘は、久鬼玄造の屋敷の庭で、宇名月典善の顔を見ながら思い出していた。

気を当てる。

それができるのは、生体のみであると、龍王院弘は、理解している。

たとえば、枝から落ちた葉でも、まだ緑色をしていて、生きた細胞がそこにあるのなら、気を当てて動かすことはできる。死んだ人間でも、死んだばかりで、体細胞がまだ生きている状態ならば、気を当てれば反応する。しかし、時間がたち、体細胞の全てが死滅してしまったら、気を当てても、それは、石に気を当てるだけの意味しかない。

しかし、生命のないもの、たとえば石を割る時にも、気は役に立つ。

石を直接気で打つのではない。

打つのは拳《こぶし》である。

気を拳から放ちながら打てば、インパクトの瞬間に、拳から放たれる気が、拳を守ることになる。石を拳で打った時、本来であれば拳の方が破壊されてしまうところ、拳に満ちた気が、拳が傷むのを守ってくれるのである。

そういうことは、皆、典善から学んだ。

その典善が、今、気で打ってこいと言っているのである。

しかし――

それだけで、終わるのか。

終わるはずはない。

それで、あらたな何かが始まってしまうのではないか。

「鬼勁で打つと言っても、これから鬼勁で打ちますよと告げて、拳を出すわけではありませんよ――」

龍王院弘は言った。

古流の道場へ見学に行った現代格闘技の選手が、その古流の師範と闘うことになるのは、しばしばでこそないものの、時おりある。

その時、師範が訊ねる。

「きみの一番得意な技は何かね」

「左ストレートです」

すると、師範はその人物に言う。

「では、その左ストレート、この私に打ってきてもらおうか」

ストレートを打ってゆくと、あっという間にかわされて、カウンターをくらってしまうということが、しばしばある。

それは、させる方が、やる方に対して、技の限定ということを行っているからである。

左ストレートしか打ってこないとわかれば、それをかわすことも、カウンターを入れることも、充分に可能なのである。

勝負の時は、使える技はほぼ無限である。これから、こういう技で、右頬を殴りにいきますよ、とは口にしない。

何が来るか、わからない。

そういう状態だからこそ、技は当たるのであり、かかるのである。

そのことを、龍王院弘はよくわかっている。

それを、龍王院弘は口にしたのである。

「むろんじゃ」

典善がうなずく。

そうした場合、

「始まってしまっていいんですか」

龍王院弘は問うた。

ただ、技を出す、出さない、というゲームではないのだ。

スパーリング、エキシビションの試合であっても、始まってしまうことは、よくある。

偶然に入ったパンチ、あるいは故意に放ったパンチが、スパーリングの最中に、もし、入ってしまったら？

やられた方は、むっ、となる。

それで、やり返すことになる。

やった分は、やり返す——そういう単純なことから、リアルな闘いが始まってしまうことは、よくあるということになる。

「望むところ」

典善が、にたりと笑った。

「鬼勁を見たい……」

そう言って、典善が、ゆるりと肉の緊張を解いた。

脱力したのである。

身体の全てから力が消え、指で触れられただけで、そのまま地に身体が崩れてしまいそうに見える。

龍王院弘の赤い唇に、切れるような笑みが浮いていた。

始まってしまったのだ。

まだ、距離はある。

その距離を詰めたのは、龍王院弘であった。

つ、
つ、
と、小刻みに前に出てゆく。

すぐに間合に近づいた。

その間合の手前で、一瞬止まるのかと思えた龍王院弘の身体が、止まらない。

そのまま、間合に入っていた。

今、龍王院弘に、恐いものはない。

いや、ある。

それは、この秋に山中で出会った、あの獣だ。

あれに比べたら、典善が何ほどのものか。

決して、典善を見くびっているわけでも、過小評価しているわけでもない。むしろ、典善の恐さは誰よりもわかっている。

しかし、その典善が、今、恐くない。

一緒にいたら、いつか、典善と本気でやりあうことになる。

それが、龍王院弘が、典善のもとを去った理由である。

それが、再び出会い、こういうことになってしまった。

鬼勁を典善に向かって放つ——それだけのことなのに、血が、悦びで滾《たぎ》ってくる。

間合に入った瞬間、右足の爪先を、典善の顎の下に向かって撥《は》ねあげる。
「しゃっ」
龍王院弘が放ったのは、右の昇龍脚《しょうりゅうきゃく》であった。
ゆらり、と、後方に身体をのけぞらせるようにして、典善がそれをかわす。
当たりそこねた龍王院弘の右足が、天へ向かって駆けあがる。
その股間が、がら空きになる。
そこへ向かって、典善の左足が伸びてきた。
後方へ、上体をのけぞらせるのと、その攻撃が同時に始まっている。
股間を蹴られ、睾丸《こうがん》を潰されたら、その瞬間に、勝負は決まる。
しかし、伸びてきた典善の左足を、受けたものがあった。
龍王院弘の、左足であった。
双龍脚だ。
昇龍脚を、左右の足で連続して放つ。
龍王院弘の得意な技だ。
斜めに伸びてきた典善の左足を、龍王院弘の双龍脚が、はじく。
龍王院弘の身体は、一瞬、宙に浮く。
後から伸びてゆく左足に入れ替わるように、先に跳ねあがっていた右足がおりてくる。
宙にあって、支点がどこにもない、毛ほどの時間。

それを、典善は見逃さない。

龍王院弘にはじかれた左足を、そのまま外側へまわして身体を一回転させながら、身を沈めた。

身を沈めながら、両手を地面につき、左足を旋回させて、低い位置で、着地したばかりの、龍王院弘の右足をはらう。

当たらなかった。

その時、典善の真横——右側から、襲ってくるものがあった。

気の塊りだ。

鬼勁であった。

ごおっ、
と、音をたてるようにして、典善の身体を、鬼勁が打ったのである。

が、典善は、飛ばされもしなければ、倒されもしなかった。

右から左へ——

さあっ、
と、典善の髪が横へなびいただけであった。

何が起こったのか。

典善が、左足で、着地する足をはらいにくるのがわかった瞬間、龍王院弘は宙で両脚をたたみ、身を縮めていたのである。

そのすぐ下を、典善の足が通り過ぎていってから、龍王院弘は着地した。

着地しながら、両手を前に突き出し、気を放っていたのである。

右足が前。

左足が後。

左足は大きく後方に引かれていて、膝が地に触れそうになっている。

手錠を嵌《は》められた時のように、両手首の内側を合わせる。そして、手を開く。幼稚園児が、お遊戯会で、両手を使って作るチューリップのようなかたち。

その両手から気を放つ。

放つ時に、気を曲げたい方向に、小さく両手をねじる。

それで、気が曲がるのだ。

それが、鬼勁だ。

手をねじる動きをともなわなくとも、気を曲げること——つまり、鬼勁を放つことはできる。

基本的には、わざわざ手を突き出さなくとも気は放てるし、その気を曲げることもできる。気を曲げるのは、放つ時の意志——念の力を使う。

しかし、肉体的な動作をともなった方が、技を覚えやすいし、慣れないうちは、気の力も強くなる。

龍王院弘は、すでに、動作をともなうことなく、気を放てるし、鬼勁を打つこともできるようになっている。

今、わざわざ動作を加えたのは、もちろん宇名月典善に見せるためであった。

それに、動作と連動させた方が、気を放つのにスムーズにゆく。気を放つにも、肉の裡《うち》に眼に見えぬルーティーンがあるのだ。そのルーティーンが、動作をともなうことによって、よどみなくできるのである。

が――

鬼勁は、典善にはあたらなかった。

いや、あたったのだ。

あたってはいる。

ただ、気が、典善の肉体を、通り過ぎていってしまったのだ。

「ふん」

ゆっくりと、宇名月典善が立ち上がってきた。

「今のが鬼勁かよ……」

宇名月典善がつぶやく。

しかし、龍王院弘は、鬼勁を放った時の姿勢のまま、動けなかった。

「凄まじい技じゃな……」

宇名月典善は、まだ、同じ姿勢でそこに立っている龍王院弘を見やった。

「しかし、この技には欠点がある」

宇名月典善は言った。

宇名月典善は、ちらりと、視線を龍王院弘の足元に向けた。

右足の爪先あたり。

そこに、飛鉄《ひてつ》が深々と斜めに突き刺さっていた。

「それをかわしたということは、ぬしも、その欠点には気づいているということであろう——」

龍王院弘は、うなずかない。

しかし、宇名月典善が、何のことを言っているのか、それはよくわかっている。

鬼勁を放つのとほぼ同時に、宇名月典善が放ってきた飛鉄だ。

本来であれば、もう少し前に右足を出しているところであったのだが、それをかわすため、右足の踏み出しを浅くしたのである。

足の甲をねらったものだ。

もしも、その飛鉄が、顔や胴をねらったものであるなら、それをかわすか、はらうかしなくてはならない。

そうしていたら、発勁はできない。つまり、鬼勁を放つことはできなかったところだ。

「ひろしよ……」

言った瞬間、宇名月典善の身体が膨れあがり、
かあっ、

と発光したように見えた。

気の塊りが、龍王院弘にぶつかってきた。

「ぬう!?」

龍王院弘の肉体が、かっ、と発光する。

現実の光ではない。

眼に見えぬ気が、龍王院弘の肉体に満ちたのだ。

見えぬものどうしがぶつかり、龍王院弘の髪が逆立って、その髪と髪との間に、小さな稲妻が、無数に光る。

「そう、それよ」

宇名月典善が言う。

「それは、おれがぬしに教えた。あてられた気を、気をもって受ける——剛気法《ごうきほう》じゃ」

むろん、龍王院弘には、宇名月典善の言うことはわかっている。

宇名月典善が放ってきた気を、体内に気を溜めることで受けたのである。

「もうひとつ、気を受ける法——いや、気をはずす法がある。それが、今、わしがやった〝抜け〟じゃ」

それもわかっている。

筋肉で言えば、脱力というのに近いかもしれない。

気に対して、己の肉体を透明化して、ぶつかってきた気を通過させてしまう方法である。これが、〝抜け〟であり〝抜き〟である。

それは、宇名月典善から教えられていない。

自ら習得したものだ。

「この〝抜け〟は、わざとぬしには教えなんだ。それは、わかるな」

むろん、わかる。

師は、弟子に全てを教えるわけではない。

いつか、弟子は師に立ち向かってくることがある。その時のために、奥義の幾つかを温存するのである。

そういうものだ。

「問題は、どうして、放たれた気を、受けることができるかだ。それも、わかっているであろう」

「ああ、わかる」

龍王院弘はうなずいた。

「気には、溜めがあるからだ」

龍王院弘にも、それはわかっている。

気を放つ前に、放つ者は、ルーティーンとして気の溜めをする。

体内に、気を満たさねばならない。

通常、多少の気を操れる者でも、その時間が数分は必要だ。

放つ気の量によっては、もっと時間がかかり、逆に放つ気の量が少なければ、時間はもっと短い。

技術で、その溜めの時間を短縮することはできる。

訓練をすれば、この溜めの時間をどんどん短くできるし、それを闘いの中で使用できるほど短時間にすることもできる。才能ある者は、さらにこれを短くすることができる。

しかし——

どれほど短くしようと、その溜めの時間をなくすことはできないのだ。

気を操れる者どうしの闘いの場合、互いに相手がその気の溜めに入るのがわかる——見えるのである。

つまり、パンチや蹴りと同様に、それを受けることもできれば、かわすこともできるということなのだ。

そして、時に、気よりもパンチや蹴りの方が疾《はや》い時がある。

それは、相手が拳や蹴りの間合に入っている場合だ。

拳や蹴りには、溜めがないからである。

厳密に言うのであれば、肉体が動作するためには、その前に運動準備電位の上昇というものが必要となる。その動作のための、肉の中の電位があがるという〝溜め〟がある。

特に、それは思考よりも早い。動こうとする意志よりも先に、その運動準備電位があがるのである。

気を放つ時は、この運動準備電位の溜めに加えて、もうひとつ、溜めが必要になるのである。

つまり、拳や蹴りが入る距離であれば、肉の攻撃の方が疾いのだ。

「ひろしよ、鬼勁を捨てよ」

宇名月典善は言った。

念のために触れておけば、たとえば、礫《つぶて》や金属である飛鉄は、気では受けられない。

どれほど強い気を飛んでくるものに向かって放とうと、石や鉄は、同じ速度で飛んでくる。

ここで気が役に立つとすれば、気を肉体に溜めることによって、自身の細胞の結束力を強くすることとくらいである。

投げられたナイフが、一〇センチ肉体に潜り込んでくるのを、五センチにすることはできる。二〇センチ潜り込んでくるのを、一〇センチにすることはできる。

「ひろしよ、肉をもって打て」

宇名月典善は、きっぱりとそう言ったのである。

4

龍王院弘は、小石を握って、樹上を見あげながら、宇名月典善の、その言葉を思い出していたのである。

　気を一点に集中すれば、それをさらに浅くすること、時に、投げられたナイフ程度であれば、どういう傷も負わないようにすることも、原理的には可能なのである。

　ただ、気で打つよりも、拳で打つ方が疾い——これは、典善の言うことが正しい。

　しかし、ここは、鬼勁を使うのが一番いい。

　鬼勁を、あの巣に横からあてる。

　もしも、あの巣の材料となっている小枝が全て枯れていれば、巣は動かぬであろう。

　しかし、仮に巣が水でできていれば、水は気を通すので、中にいるリスに、勁をあてることができるのだが、現実には枯れ枝が使用されている。勁をあてたとしても、その枯れ枝が、勁の力を遮ってしまうであろう。

　しかし、巣には透き間が多い。

　その透き間を通って、中にいるリスに勁があたるであろう。勁をあてられたリスは飛ばされるが、すぐに巣の内側の枝に受け止められてしまうであろう。

　そうしたら、樹を登ってゆかねばならない。そうすると、場合によっては、自分が巣にたどりつくまえに、リスが回復して、寸前で逃げ出すかもしれない。

　勁を強くあてて、リスが巣の内側にぶつかる衝撃で、巣が壊れて、落ちてくるようにした方がいい。

　それには、どれだけ強い気を打てばよいのか。

五割——

と、龍王院弘は決めた。

右手首を左手で握り、肘を曲げて引く。

腰をおとす。

ねらいを定めて、気を溜める。

持っていた小石は、今、左手と右手首の間に挟まれている。

肘を伸ばし——

「哈《ハッ》！」

右掌から、気を打って、右手首を軽くねじる。

放たれた気が、途中で曲がる。

巣の周囲にあった梢が、

ざわっ、

と動く。

ばっ、

と、巣から小枝が散った。

小枝と、そして、小さな黒い塊りが落ちてくる。

黒い塊りは、地に落ち、すぐに動き出そうとした。

龍王院弘の左手から、小石が飛んだ。

動き出したばかりの黒い小さな影に、その小石がぶつかって、影は動かなくなった。

歩みよって、龍王院弘は、その小さな黒い塊り——小動物をつかんで持ちあげた。台湾リスであった。

その首に、紐《ひも》が巻きつけられていた。そして、その紐にぶら下げられていたのが、九十九の靴底に仕掛けたはずの発信機であった。

想像した通りだった。

「こういうことだったのですね」

龍王院弘は、溜め息と共に、その言葉を吐き出していた。

その時——

龍王院弘は、その気配に気づいていた。

背後の森の闇の中から、近づいてくるものがある。

間違いない。

気配を殺してはいるものの、何者かが、今自分がいるこの場所に向かって近づいてくるのである。

大きなものだ。

その量感が、ごくわずかな気配からも感じられる。

九十九か!?

いや、九十九が、わざわざここへもどってくるわけもない。

逃げるか!?

それは、ない。

誰が近づいてくるのか、それを確認もせず逃げることはあり得ない。

龍王院弘は、リスの首から発信機をはずし、尻ポケットにそれを入れて、リスを捨てた。

近くの藪《やぶ》の中に身を投じて、息を潜めて待った。

ほどなく、気配が音に変わった。

近づいてくるものが、笹をその身体で分ける音だ。

そして、重い足音。

そして、そいつが、森の奥から姿を現わしたのであった。

三章　菩薩《ぼさつ》志願

1

その男は、森の中を歩いていた。
ただ、歩いているのではない。
侵入者を捜して歩いているのである。
屋敷に忍び込もうとした何者かがいた。発見されて、その侵入者は逃げた。
しかし、まだ、完全には逃がしたわけではない。
そいつを、見つけ、捕らえて、何のために屋敷に侵入したのかを問わねばならない。
いったん崖下へ逃れ、右か左へ移動し、そこから再び崖を登る。
それ以外に脱出する方法はない。
あとは、海に飛び込んで泳いで逃げる——そういう方法はあろうが、現実的ではない。
ダイビングスーツを着ているのならともかく、冬の海に、裸で、あるいは服を着たまま飛び込んでも、身体が動くのは、わずかな時間だ。やがて、手足が動かなくなり、溺れて死ぬ。

服を脱ぐ時間はなかったはずだ。

崖下にも、脱いだ服はなかった。

海に飛び込んだとすれば、服を着たままだ。

それでは、泳げない。

あとは、崖下に近づいてきたボートなども確認できていない。

左右へ移動した後、崖を登る。

これ以外にない。

それで、何組かに分かれ、可能性のある場所を捜索しているのである。

男はひとりだった。

他のチームは、ふたりずつ組んで、捜索している。

男がひとりであるというのは、男の自信からであろう。

侵入者はひとり。

協力者がいても、せいぜいあとひとりかふたり——三人であれば、充分自分ひとりで対処できると考えたのであろう。

発見して、手にあまるような人数であれば、後をつけながら、仲間に連絡をする。

そういうつもりであった。

暗い森の中を、男は、進んでゆく。
獣のような身ごなしである。
必要最小限の音しかたてていない。
ヘッドランプなどの灯りも使用していない。
梢の間から洩れてくる月光を頼りに歩いている。
わずかな明かりだ。
常人であれば、ほとんど闇に近い。
そこを、男は悠々と歩いてゆく。
夜目が、常人以上に利くのであろう。
その時——
男は、光を見た。
左前方に、
ぱあっ、
と、光が点ったのである。
現実の光ではない。
脳が感知する光——
それが、どういう光であるのか、男は理解していた。
人の肉体が放つ気だ。

常人には見えない。
それを、男は見ることができるのだ。
いた——
男の太い唇が、小さくめくれあがり、歯が覗く。
男の足が、速くなる。
方角と、距離の感覚はつかめている。
一二〇メートルほどだ。
そして、男は、その現場とおぼしき場所に立った。
誰もいない。
気配を知られて、逃げられたか？
そう思う。
男の眼が発見したのは、地に横たわっているリスであった。
死骸⁉
そうではなかった。
見ているうちに、リスは息をふきかえし、走って逃げ去った。
さっきの光と関係があるのか。
あるとしたら、どのような関係か。
それを思いつかない。

この小動物の気配を、敵と勘違いして、思わず気を放ったか——
いずれにしても、そいつは、逃げたか。
そうではなかった。
声が聴こえてきたからである。
「あなただったのですね」
その声は言った。
聞き覚えのある声であった。

2

龍王院弘は、むろん、逃げなかった。
やってきた相手を確認し、必要なら後を尾行《つ》ける。
場合によっては、捕らえて、新しい情報を得ることもできるかもしれない。
そう考えたのだ。
そのためには、いったん身を隠す必要がある。
それで、藪の中に身を潜めたのだ。
気配は、近づいてくるにつれて、その量感を増した。
肉の量感と、その肉が持つ、圧倒的な力の量感——

それが、闇の奥から迫ってくるのである。

やりすごして、後を尾行《つ》けるか、あるいは逃げるか。

その男が姿を現わした時、龍王院弘は、やりすごすこともしなければ、逃げることもしなかった。

その男が、誰であるかわかったからである。

知った男だった。

この男には、用事がある。

大事な用件だ。

それで、声をかけたのである。

「あなただったのですね」

すると、男は、足を止め、あやまたず、龍王院弘の潜む藪に、視線を向けてきた。

龍王院弘は立ちあがり、笹を分けて、藪の中から歩み出て、その男の前に立った。

「あんたかい。チビの猿……」

その男、フリードリッヒ・ボックは言った。

「このまま隠れているつもりでしたが、やってきたのが、あなただとわかったので……」

龍王院弘の白い頬に、ほんの微《かす》かに紅い色が差している。

「おれだったら、何だっていうんだい」

「大事な用事を思い出したんですよ」

龍王院弘は、ときめいている。

好きで好きで、会いたくてたまらなかった女に出会ったら、人は、こんな風になるのであろうか。

出会ったら――

その瞬間に、やる。

抱きすくめる。

唇を奪う。

舌をからめあう。

服を脱がす。

脱ぐ。

もう、互いの唾液が混ざりあっている。

貪《むさぼ》る。

貪りあう。

それ以外にない。

それ以外を思いつけない。

「おれも、あんたに用事ができた」

ボックは言った。

「何です？」

「あんたが、どうしてここにいるのか。それを訊こうと思ってね」

「よかった……」

龍王院弘の唇に、笑みが点《とも》る。

光る刃物のような笑みだ。

「何がだい」

「あなたが、逃げないとわかったから──」

「ふん」

「あなたが、わたしに訊きたいことがあるのなら、それを知る方法はひとつしかありませんよ──」

「同じ意見だね」

ボックは言った。

ボックが、ゆるり、と足を左右に開く。

軽く、腰が落ちている。

どのようなことが起こっても、どのようにでも対処する──そういう立ち方であった。

龍王院弘は、ただ、立ったままだ。

しかし、自分の血の温度があがっているのがわかる。

放っておけば、沸騰し、滾《たぎ》りそうになる。

それを、おさえている。

嬉しくて、嬉しくて、たまらない。
ようやく出会えた。
ボックと。
しかも、ふたりきりだ。
邪魔は入らない環境で。
こんなことが、この先起こるかどうか。
今、やる。
今、できる。
ここで。
この場所で。
龍王院弘の唇の左右の端が、どんどん吊りあがってくる。
喜悦の笑みだ。
そんな笑みが自分の唇に浮いていることに龍王院弘は気づいていない。
どうするか。
どうやるか。
そういう計算はない。
この、全身に満ちてくるもの、滾ってくるものにまかせる。
これを、制御できるだろうか。

できるわけはない。
それなら、それに身をまかせるしかないではないか。
こんな風に、闘いを始めることなど、これまでなかった。
自分の闘い方は、こんな風ではなかった。
しかし、今夜は特別だ。
特別な晩だ。
笑みが消えた。
龍王院弘の、紅い唇がすぼめられた。
ひゅううう……
そこから、笛の音のような呼気が洩れる。
龍王院弘の腰が下がった。
まだ、間合ではない。
それは、わかっている。
三歩前に出れば、間合に入る。
そこが蹴りの間合だ。
拳を当てるには、軽くもう半歩。
それが、こっちの間合だ。
ボックの間合は、違う。

自分よりもっと遠いところが、ボックの間合だ。

ボックの間合をくぐって、自分の間合に入ってしまえば、こちらが優位になる。

しかし、その自分に有利な間合に入ったからといって、それが続くわけではない。闘いというのは、そんなに単純なものではない。

互いに、自分の有利な間合と、相手の有利な間合との間を出たり入ったりしながらの攻防になる。

自分に有利な間合になるのは、流れの中のほんの一瞬だ。

その一瞬を、奪い合うのだ。

騙したり、騙されたりしながら、その一瞬を盗《と》りにゆく。

しかし、有利な間合をとっても、体重差という大きな壁がある。

ただ身体がでかいだけの相手なら、どうということはない。

だが、相手が、身体も大きく技もあり、しかも動きが疾《はや》い場合がある。九十九三蔵やフリードリッヒ・ボックのように。

ボディに加える攻撃のダメージは、相手と自分との体重差によって違ってくる。

当然、体重のある方が有利である。

どんなに動きが疾くても、フライ級のボクサーのパンチは、体重一五〇キロの相撲取りには、ほとんどダメージを与えられない。

ボディに、たとえ二十発パンチを当てても、相撲取りは、いくらもダメージを受けない。

それが、顔面であれ、同じだ。

それほど、体重差というのは、闘いの結果に影響をおよぼすものなのである。

しかし、眼を攻撃してよいルールであれば、体重差はあまり関係がない。

先に、眼の中に指を突っ込んだ者が勝ち、突っ込まれた者が負ける。

もちろん、互いの眼の中に指を入れ合う闘いにおいても、身体の大きな者の方が有利であるのは言うまでもないが、体重差による有利、不利がかなり緩和されることになる。

ルールのない闘い――今回のような場合は、相手が、身に刃物を帯びていることも想定して闘わねばならない。

互いに、刃物や、たとえば、宇名月典善の持つ飛鉄のようなものを隠し持ち、それを投げることまで考えれば、体重差はあまり関係がなくなる。

怯える必要はない。

身体が震えている。

小刻みに。

しかし、これは、むろん怯えの震えではない。

これは、悦びの震えだ。

それを、龍王院弘は自分でもよくわかっている。

どうする？

待つか。

フリードリッヒ・ボックが仕掛けてくるのを待って、自分の攻撃を加えるか。

いいや。

待てるものか。

こちらからゆく。

やりたくてたまらなかったのは、こっちの方だからだ。

やりたくてやりたくてたまらないのに、横を向いて、向こうから指を伸ばしてくるのを待つ——

今は、そういう時ではない。

覚悟は決まっている。

自分からゆく。

「こちらから、ゆきますよ……」

囁《ささや》くように、言った。

言った時には、もう、龍王院弘は動いていた。

足を踏み出していた。

ゆっくりと——

急ぐ必要はない。

ビロードのような、薔薇《バラ》の花びらを踏むように。

優雅に――
しとやかに。
ゆるやかに。
微風に乗る蜘蛛《クモ》の糸のように――
一歩……
二歩……
三歩……
フリードリッヒ・ボックは動かない。
待っていてくれているのだ。
巨大な毒蜘蛛のように。
獲物が近づいてきて、間合に入った瞬間、いっきに襲いかかって捕食する。
もう半歩……
ほら――
来た。
爆発したように、ボックのでかい右足が、龍王院弘に向かって飛んできた。
正面から。
蹴りの最短距離。
前蹴りだ。

残念。

最初の攻撃は、ボックにとられてしまった。

しかし、先に間合に踏み込んでいったのは、こっちだからな。

凄まじい風圧だった。

左に身体を振って、蹴りの外側へ逃げた。

逃げたはずなのに、打たれた。

風圧に。

小学生なら、その風圧でバランスを崩しているところだ。

いや、小学生なら、風圧もなにも、その攻撃を受けてしまっているだろう。

ボックの右足は、まだもどらない。その右足に沿って、前に出る。前に出ながら、膝を落とす。

右足が後方、左足が前。

右足で、地を蹴るように押さえ込む。

おもいきり。

そこで、大地から力を受け取る。

右足の指、足首、右膝関節、腰、背、と、ひとつずつ身体の部位をねじってゆく。

肩、肘、手首。

そして、掌《て》へ、その力を繋いで送ってゆく。

その力が熱い塊りのように掌まで送られてきた。

届ける先は、ボックの腹だ。

纏絲勁《てんしけい》。

右掌をボックの腹に当て、左足の踵から生じさせ、育て、ねじりながらここまで繋げてきた火球《かきゅう》のような力を、ねじ込むように、全部、ボックのでかい腹の中に送り込んでやる。

ちょうど、肝臓《レバー》のあたりだ。

「おぐっ!!」

と、ボックが呻《うめ》く。

続いて、鉤《かぎ》打ち。

ボクシングでいう左フックを、右掌をもどしながら、右のあばら骨一本に当ててやる。

中指の第二関節で打つ。

上から六番目のあばらに、正確に当ててやった。

いつか、九十九三蔵とやる時のためにとっておいた技だ。

「えくっ!」

いい声で、ボックが鳴いた。

どうだ。

ここまではやってやるつもりでいたところだ。

次は、ない。

ボックの右肘が、上から落ちてくるはずだからだ。

身をかがめながら、前に出てそれをかわす。

自然に、ボックの後ろに回り込む。

ここまでは、予定通りだ。

そのはずだった。

しかし、回り込めなかった。

自分が回り込むはずだった方向に、ボックが身体を回してきたからである。

想定より疾い。

軽く宙に浮いたサッカーボール。

そのくらいの位置に、龍王院弘の頭がある。

実にいい場所だ。

ボックは、回りながら、左足でその頭部を蹴りにきた。

誰だってそうする。

伸びてきた、ボックの左足の先——靴の先を、龍王院弘は、右手でむかえにゆき、優しく包むように握った。

龍王院弘は、両足で地面を蹴っていた。

身体が宙に浮きあがる。

右掌に、衝撃がある。

その衝撃を上手に殺しながら、その力を利用する。

両足でジャンプする勢いに、ボックの蹴りの勢いを加えて、通常よりもさらに高い場所まで、身体を浮かせる。

宙で身をひねる。

一転する。

足が上になる。

そこに、ちょうどあったのが、楓の枝であった。

その枝に、右足の踵を引っかけ、左足の爪先をからませ、ぶら下がる。

蝙蝠《コウモリ》のように逆さになった。

重さで、枝がたわむ。

ボックは、もう、左足をもどして、右足で、ぶら下がった龍王院弘の頭を、下から蹴りにきた。

逆さになった龍王院弘の顔と、ボックの顔が向きあうかたちになった。

向きあった瞬間、互いに交わした挨拶は、笑みだ。

ボックは、歯を噛んで、めくりあげた唇で笑っている。

龍王院弘は、微笑だ。

その微笑が、上へ昇ってゆく。

一瞬たわんだ枝が、再び持ちあがってゆく。
その反動を、龍王院弘は利用している。
持ちあがってゆく頭部を追って、ボックの右足が追ってくる。
もちろん、ボックの右足の方が疾い。
しかし、龍王院弘の、上昇してゆく頭部の速度が増した。
龍王院弘が、腰を折って、腹筋の力で頭を自ら持ちあげたのである。
追いつく寸前で、逃げきった。
龍王院弘は、枝から足を離し、宙で一転する。
両足で、地面に着地するつもりだった。
しかし、その落下点を、ボックが見切っていた。
身体を移動させ、もう、右足の蹴りを再び発動させていた。
このままでは、着地した瞬間に、ボックの右足に襲われることになる。
龍王院弘は、方針を変えていた。
宙で身を縮め、ボックの右足に向かって、そろえた両足を向けたのである。
龍王院弘の、そろえた両足の靴底を、ボックの右足が蹴った。
どきゃっ、
という重い音。
蹴りの勢いは、殺せたものの、その衝撃を受けては、地面に着地できない。

右手で地面に触れ、落下の衝撃を殺して、身体を丸めて転がる。

柔道でいう前受け身である。

転がった勢いを使って、起きあがる。

起きあがったところへ、もう、ボックの左足が襲いかかってきた。

疾い。

疾いけれども、ほんのひと呼吸にも満たない時間だが、動きが遅くなっている。

さっき、ねじ込んでやった纏絲勁《てんしけい》と、鉤打ちが効いているのである。

のけぞるようにして、その蹴りをかわした。

蹴りをかわして、上体をもどそうとすると、次はボックの右足の踵が斜め下から襲ってきた。

後ろ回しだ。

たて続けの攻撃だ。

上体をもどしながら、後ろへステップバックする。

鼻先をかすめて、ボックの右足の踵が通り過ぎてゆく。

背中を向けていたボックの身体が、回転してもどってくる。

絶妙なタイミングだった。

「シャアッ!!」

ちょうど、もどってきた顔の、顎先に向かって、蹴りを出す。

最初が右足。
次が左足。
右と左の昇龍脚——双龍脚だ。
左足は、宙から放つ。
かわされた。
ふたつの上昇する龍が、虚空へ向かって疾《はし》り抜けていた。
何という男だ。
自分は、前回よりも強くなったと思っている。
しかし、このボックも、前回よりその能力が高くなっている。
「多少は、楽しませてくれるんだな」
ボックが言った。
「もっと、楽しませてあげますよ」
龍王院弘が、唇をきゅうっと吊りあげる。
間合は、ぎりぎりだ。
その気になれば、ボックは攻撃できる。
しゃべっているからといって、油断はできない。
ボックのために、用意してきたものがあるのだ。
それを、プレゼントしてやらなくてはならない。

腰を落とす。
ボックを睨む。
気を、体内に溜めてゆく。
呼吸をしながら、全身に気を満たしてゆく。
「へえ、おもしろいことをするんだな」
ボックが言う。
今、自分が体内に溜めてゆく気が、ボックには見えているのだろう。
それでいい。
溜めてゆく気の量を見せてやるつもりだった。
身体が、見えぬ力で、どんどん膨らんでゆく。
張りつめてゆく。
呼吸のたびに、気が満ちてゆく。
まだまだ。
もっとだ。
細胞が、みちみちと音をたてはじめた。
もう、気が入り込む余地がない。
いや、あるぞ。
骨にも。

髪の毛にも。
全身の体毛にも。
龍王院弘の体毛が立ちあがる。
全身が、帯電したようになっている。
立ちあがった体毛、髪の毛の一本一本から、無数の細かい稲妻が出ているはずだ。
それが、ボックに見えているはずだった。
体中から、光が発散されてゆく。
毛穴という毛穴から、気が吹きこぼれてゆく。
無数の、数えきれないほど細かい、蜘蛛の糸のように細い、光る龍。
その龍が、毛穴という毛穴から這い出て、全身を這いまわっているのがわかる。
どうだ。
仕掛けられないだろう、ボック。
これを見てしまったら、おまえは待つ。
おれが、何をするつもりか、知りたいからだ。
「凄いな……」
その声には、明らかな讃嘆の響きがこもっていた。
フリードリッヒ・ボックが、眩《まぶ》しいものでも眺めるように、眼を細めた。
身体が、溜まったものでみしみしと軋《きし》んでいる。

身体が爆発しそうだ。
爆発したら、細胞のひとつずつまで、ちぎれて散りぢりになってしまいそうだった。
もう少し、もう少し我慢してからだ。
耐えられなくなってから、ボックに仕掛ける。
これまで、この日のために考えてきたことを。
「何か、たくらんでいる面だな」
ボックが、にいっと笑う。
「いいぜ。試してみろよ」
ボックが言った。
ここだ。
そう思った。
今だ。
そして、龍王院弘は、己の裡《うち》に溜めた力を、解き放っていたのである。
龍王院弘の肉体から、気が膨れあがり、こぼれ、爆発した。
その力が、正面からボックに向かってぶつかってゆく。
熱気の塊りのような暴風が、ボックの身体を打った。
ざんっ、
と、ボックの髪が、突風にあおられたように、後方になびいた。

ボックの後方の常緑樹の梢が、ざあっとめくれあがるように揺れた。

ボックは、眼を見開き、眼を吊りあげ、強烈な笑みを口に浮かべ、それを受けていた。

まるで、嵐のように、樹々が騒いだのに比べ、ボックの肉体は、こゆるぎもしなかった。

〝抜け〟だ。

抜けを使って、龍王院弘の放った気を、自分の肉体を通過させたのである。

「そこまでだな……」

ボックが言ったその時、ボックの左側に生えた楠の葉の一枚が、ゆらりと揺れた。

次の瞬間——

ボックの左側から、巨岩のような、熱い、巨大な気の塊りが、ぶつかってきた。

「ぬううううっ！」

ボックは、腰を落とし、両拳を握って、腕を自分の前で交差させ、その気を受けていた。

ほとんど物質的な力をもって、気がボックの身体を打ったのだが、ボックは、瞬間的に気を体内に満たし、龍王院弘の放ってきた気を受けきってしまったのである。

身体の前で、クロスさせていた腕をほどき、ボックは、嗤《わら》った。

「鬼勁《きけい》を使えるようになったか……」

ボックは言った。

「わざと見せたな……」

ボックがつぶやく。

「わざと、大袈裟《おおげさ》に気を溜めてみせ、それをおれにぶつけてきた。ところが、それは半分だった。残りの半分は、わざと遅らせて放った。それも、鬼勁で放ったんだろう。抜けをやりながら、気を放つと、その気は見えなくなる。おれが、抜けで気をやり過ごして、油断したところへ、時間差で鬼勁をぶつけてくる。よく考えたな。しかし——」

と、ボックは、落としていた腰を持ちあげた。

「所詮《しょせん》は、物真似好きな黄色い猿の考えることだ——」

「だから、どうなんです？」

龍王院弘は、まだ、笑みをその赤い唇に浮かべている。

「さっき、おまえの見せた、二連蹴り、あれと同じだってことさ」

ボックが言う。

二連蹴り——

双龍脚のことだ。

ボックの言う通りだった。

今、やったのは、双龍脚と同じだ。

言うなれば、双鬼勁《そうきけい》だ。

ふたつの気を、ほぼ同時に、しかし、時間差をわずかにつけて、放つ。

最初に放ったものではなく、二度目に放ったものが本命だ。

しかし、それを、ボックにかわされている。

「褒めておきますよ。よくかわしましたね」

龍王院弘は言う。

「やることが、なくなったかね」

「まだ、ありますよ。まだね」

「なら、それを見せてもらおうか」

言われて、龍王院弘は、浅く退《さ》がる。

それに合わせるように、ぬうっ、とボックが前に出てくる。

さっきより、距離が縮まっている。

龍王院弘は、退がった場所で動かない。

間合すれすれだ。

「何もできないようだな」

「――――」

「なら、おれの番だな」

ボックが言った。

言うのと同時に、むう、と、ボックの肉に気が満ちた。

その瞬間を、龍王院弘は、見逃さなかった。
準備はできていた。
このために、今、自分から退がったのだ。
それを見て、ボックは、思った通りに前に出てきた。
自分が退がった距離よりも大きく。
この距離を手に入れるために、これまでの全てがあったのだ。
これまでの、修行の全ては、まさにこの瞬間のためにあったのだと言っていい。
この時、何よりも疾く、ボックとの距離をつめる、このことのために。
龍王院弘は、動いた。
前に出た。
前に出て、打った。
左の鉤打ち。
さっきと同じ場所を、正確に。
やった。
あばらが折れた。
その感触が、左手に伝わってきた。
しかし、これで終わりじゃない。
纏絲勁《てんしけい》。

これも、さっきと同じだ。
正確に、肝臓《レバー》を打ち抜く。
鈍い、確かな手応え。
どうだ。
これが、おれが用意した、お前へのプレゼントだ。
鬼勁を捨てよ――
宇名月典善の言葉が蘇る。
どうだ。
どうだ、ボック。
その言葉を、龍王院弘は、途中から空中で思考していた。
纏絲勁を打った瞬間、ボックの右膝が、下から腹を打ってきたのだ。
どん、
という衝撃が腹にあって、龍王院弘は、宙に飛ばされていたのである。
両手、両足で、地面に着地する。
ボックの、次の攻撃に備えるため、瞬時に、両腕で頭部をガードする。
しかし、ボックは、襲ってはこなかった。
ボックは、腹の右側を右手で押さえて、龍王院弘を見つめていた。
その眼が、きょとん、としている。

いったい、何が起こったのか。

何をされたのか。

それを問うような眼だ。

どうやら、今のプレゼントを気に入ってもらえたらしい。

よかった。

あばらと、肝臓――

そのふたつを打っていなかったら、今、襲いかかられていたところだ。いや、その前に、今の膝でやられていたところだ。

立ちあがる。

「で、どうします？」

龍王院弘は訊いた。

「これで、やめるなんて、まさか言わないでしょうね」

「もちろん」

ボックは、右手を脇腹から離した。

「これからが、おもしろくなるところなんだろう」

「よかった……」

「何がだい？」

「もう少し、遊んでもらえそうだからですよ――」

「これからですね」

「これからだよ」

龍王院弘は笑った。

フリードリッヒ・ボックもまた、嬉しそうに嗤っていた。

手の内は、見せた。

互いに、何ができるかはやり終えた。

龍王院弘はそう思っている。

その結果、自分は、ボックのあばら一本をもらい、肝臓へのダメージを与えることができた。

ここまでは、自分に分がある。

この結果を生んだのは、自分が、ずっと忘れなかったからだ。

ボックに、敗北したことを。

それを、支えとして、これまで生きてきたのだ。

ボックは、忘れた。

敗者のことを——

勝者の多くはそうだ。

その差が出たのだ。

あばら一本と肝臓——

ボックとの体重差を考えれば、これで、ようやく対等であろう。

気ではない、肉の勝負だ。

鬼勁など使わなくとも、ボックが手練《てだ》れである事実は変わらない。

日本へ立ち寄る前、ボックは台湾で、道場破りをしている。

台湾と言えば、武術の国だ。

文化大革命で、中国全土から、多くの人間が、台湾に逃げてきた。

文化人や知識人も多くいたが、その中には武術家もいる。

本来であれば、あの広い中国の国土の内にばらばらに存在していた多くの武術の流派が台湾に集まったのだ。

その台湾で、道場破りをしてきたボックが、弱いはずがない。

「用意してきたものは、さっきので出尽くしたんだろう」

言いながら、じわり、とボックが前に出てきた。

龍王院弘は、退がらない。

「ええ、全部ね」

本当のことを言った。

しかし、わかっている。

ボックは、これを本当のこととは思わないということだ。

ブラフをかけていると思うに違いない。

自分を油断させるために嘘をついているのであろうと。

こういう時に、相手の口にすることを、いちいち信用してはいられない。

だからといって、相手の言うことが全て嘘であろうとも考えない。それは、相手の言うことを信用してしまうことと同じだからだ。

ボックが、これくらいの言葉のやりとりで、心を乱すようなタマでないことはわかっている。

確かに、ボックのために用意したプレゼントは、もう渡してしまった。

だが、そうではないものは、まだ残っている。

ボック用とは別に、前々から考えていた技――

そういうものはある。

さらに言うなら、もともと自分が持っていて、まだボックに見せていないもの。

そういうものなら、まだ、幾つも残っている。

贄師《にえし》の紅丸《べにまる》と闘った時にやったものがある。

あの技も、そこからさらに発展している。

それを試したい。

このボックであれば、それに相応《ふさわ》しい。

これからは、気だとか、鬼勁だとか、そういうものとは別のものの勝負だ。

体術の闘いになる。

自分の心臓が、嬉しそうに跳ねているのがわかる。

いいな。

おもしろいな。

結局、自分は、これが好きなのだ。

自分の肉を使って、相手の肉と闘う。

肉を比べ合う。

肉を比べ合うということは、それは、結局のところ、意志を比べ合うということだ。

心を。

精神を比べ合う。

不思議だな。

心と肉とは、別のもののようで、シンクロする。

心と肉とは繋がっている。

しかも、分かち難く繋がっている。

たとえば、心を鍛えるためには、肉を使うことになる。

肉をいじめぬき、これでもかこれでもかと追いつめてゆくことによって、心や精神が強くなり、太くなる。

逆に、その強くなった精神が、心が、過酷なトレーニングや稽古に人を耐えさせ、その結果、肉の強さを倍加させることになる。

おもしろい。

こうやって、人の心と肉の秘密の世界に分け入ってゆくのはおもしろい。

肉の底におりてゆくのはおもしろい。

肉の底には、まだ、見知らぬ獣が眠っている。

まだ知らない自分、まだ、見たこともない心が眠っている。闘うというのは、そういう心や獣に会いにゆく作業なのではないか。

それによって、自分が高まってゆく。

そこがまたおもしろい。

あの宇名月典善は、いったいどこまでおりてゆけたのか。

どこまでたどりついたのか。

そこで、自分の見た風景について、典善に語ってみたい。

そこで、どのような風景と出会ったか、どのような獣と出会ったか、典善に訊ねてみたい。

典善は、何というであろうか。

典善は――

「おい」

と、ボックが声をかけてくる。

「どうした?」

ボックが、不思議そうな眼でこちらを見つめている。

「何のことです？」

「笑ってるぜ、おまえ」

そうか、笑っていたのか。

この自分が。

「楽しいからですよ」

龍王院弘は言った。

「おれも、楽しいぜ」

そりゃあ、よかった。

「同じ意見ですね」

「ふん」

「もう少し、遊びましょう……」

龍王院弘はつぶやいた。

腰を落とす。

そして、誘う。

眼で。

女のように。

来て。

その腕で抱きしめに来て。
来た。
颶風《ぐふう》のように、ボックの身体が動いてきた。
待っていた。
それを。
「シャッ！」
龍王院弘は、反転した。
ボックに背を向けながら、上体を前に折る。
左足が軸足だ。
全身のあらゆるバネを使って、右足を後ろへ跳ねあげる。
絶妙のタイミングだ。
〇・一秒早くても、遅くてもいけない。
その、神の作った透き間に、右足の踵が持ちあがってゆく。
ボックの顎に、その右足の踵が吸い込まれてゆく。
逆昇龍だ。
ボックが、顔をのけぞらせて、それを流す。
ボックの鼻をこすりあげるようにして、龍王院弘の右足の踵が天に抜ける。
これは、当たらなくていい。

想定済みだ。
次は左足だ。
逆双龍。
これは、当たった。
ずどん――
ボックの股間を直撃だ。
効かない。
釣鐘隠し。
これは、日本の古流で言う名前だ。
空手ならば、コツカケ。
睾丸を、恥骨の内側へ隠してしまう技だ。
これくらい、闘いの前にやっておくのは基本的な身だしなみというものだ。
これも、わかっていたことだ。
ここまでは、紅丸にもやっている。
ここから先は、やっていないことがいくつかある。
今、龍王院弘の身体は、逆さになった状態で、宙に浮いている。
顔の前が、ボックの左足だ。
その左足が、龍王院弘の顔を蹴るための準備を始めているのがわかる。

その前に――

ボックの左足に、両腕をからめる。

太い、丸太のような足だ。

引き倒す。

ボックの身体が、仰向けになる。

ボックの左足の爪先が、脇の下に入っている。

右肘の内側に、ボックの左足の踵を固定して、そこを支点にして、ねじる。

ヒールホールドだ。

膝をいっきに破壊してのける技だ。

地味で、確実。

迷わず、ためらわず、ひと息にねじる。

完全にねじきる前に、
どん、
と、胸の上に落ちてきたのは、ボックの右足の踵だ。

これをやられる前に、膝の靭帯《じんたい》を、みちみちと全部ねじ切ってやるつもりだったのが、
それで、できなくなった。

このヒールホールドを掛ける時は、打撃技のように、一瞬でやってのけなければならない。

いっきにゆく。
膝の靭帯をぶちぶちにちぎってやる技だ。これをやられたら、足が使えなくなる。
しかし――
それをやりきる前に、踵を落とされたのだ。
さすがに、おとなしく膝をくれてやるつもりはないらしい。
足をねらって深追いすると、今度はこっちの身が危うくなるのはわかっている。
相手が上半身を起こして、マウントを取りにくることもある。
足を放して、立ちあがる。
こっちが先だ。
わずかに遅れて、ボックが立ちあがってくる。
ちょうどいい顔の高さだった。
その顔に、蹴りを、おもいきり――
そう思ったのだが、やめた。
それは、ボックが、立ちあがる時に、顔を両手でガードしていたからだ。
残念だった。
ボックの顔を、はじけたザクロのようにしてやるところだったのに。
かわりに、その腹に、爪先をぶち込んでやった。
ボックは、小さく呻いただけだった。

ボックが立ちあがる。

顔面のガードを解いた。

嗤《わら》っている。

「さすがに、疾《はや》いな」

ボックは言った。

「だが、軽い」

大きなお世話だ。

ならば、ガードせずに受けてみればいいのに——

ボックが、両手で拳を作り、それを、胸の前でクロスさせた。

「コオオオオ……」

木枯らしのような呼気を吐く。

みごとな息吹《いぶき》だ。

すっきりとした顔で、立った。

ずしり、
と、左足を前に踏み出して、左拳を前に出し、右拳を右脇に引く。

みごとに腰が落ちている。

「来いよ……」

ボックが言う。

もちろん、いく。
しかし、正面からいくやつはアホだ。
制空圏に入ってくる者に、おもいきり当てる——ボックにはそういう覚悟がある。
ガードしているのなら、そのガードの上から。
真っ直ぐに、おもいきり。
どちらへ逃げても、どこかに当たる。
当たれば、そこを破壊する。
ガードに当たれば、そのガードを。
脇腹に当たれば、その脇腹を。
普通は、正面からは行かない。
普通の人間は、退がる。
フットワークを使う。
それは、普通の人間がやることだ。
しかし、自分は違う。
自分は普通じゃないからだ。
何故ならば、自分は龍王院弘だからだ。
疾《はし》る。
正面から。

ボックの右拳が発射された。
真っ直ぐに、飛んできた。
顔面に向かって。
その時、すでに、龍王院弘は、右手を前に出している。
その右手の甲で、飛んでくるボックの右拳の側面を、軽く撫《な》でてやる。
拳が、右へそれてゆく。
その拳の根元、ボックの右手首を、龍王院弘の右手首がからめとる。
くるり、
と、龍王院弘が、右手首を回す。
ボックの右手首を下へ押しながら、ボックの重心を崩す。
ボックが、もんどり打って、前に倒れ込んだ。
自分の勢いで倒れたのだ。
手首返し——
大東流だ。
倒れたボックに駆け寄り、右足で顔を踏みつけにゆく。
全体重をのせて——
その足を、ボックが、下から両手で摑まえた。
にいっ、

と、ボックが笑う。
「捕まえたぜ……」
言った時には、ねじられた。
左足で地面を蹴って、同じ方向に、身体を回転させる。
間にあわない。
みちっ……
足首の中で、靭帯が悲鳴をあげた。
だが――
両手を使っているため、ボックの顔ががらあきになっている。
その顔に、宙に浮かせた左足を踏み下ろしてやる。
その、でかい鼻の上に。
踏み下ろして、靴底でねじる。
ぐちっ、
という感触。
小気味いい感触だ。
ボックが、摑んでいた足首を放す。
ボックの顔を蹴って、逃げる。
立ちあがってくるボックを待ってやる。

これは、ボックの顔を、ゆっくり見てやるためだ。
ボックが起きあがってくる。
梢から洩れてくる月光で、その顔が見える。
ボックの鼻が、はじけていた。
鼻から、血が溢れ出ている。
いい顔だ。
「右足首、もらったぜ……」
立ちあがったボックが言う。
右足首に、確かに痛みはあった。
しかし、その痛みがどうだというのだ。
確かに、自分は今、右足を地に下ろしていない。
右足を宙に浮かせ、左足で立っている。
右足の爪先は、大きく曲がって、別の方角を向いている。
だが、それがどうしたというのだ。
「その顔で言う台詞《せりふ》ですか」
ボックの顔面は、真っ赤だ。
顎の先から、血が滴っている。
鼻は潰れて、そこからどろどろの血が流れ出ているじゃないか。

右足首ひとつと引きかえに、この眺めを手に入れたのなら、そんなに悪い交換じゃあない。

右足首が、ぶらぶらだ。

足首の関節がはずれているのだ。

イメージを作る。

あそこの関節がはずれて、靭帯が伸びて、こんな風に——

まあ、いい。

イメージはできた。

ボックの顔が、赤くなっている。

口で息をしている。

ふたつの鼻の穴に、どろどろの血が詰まっていて、鼻で呼吸ができないからだ。

このボックの顔は、忘れないだろう。

「その顔、ずっと覚えていてあげますよ」

龍王院弘は言った。

「毎年、この日になったら、その顔を思い出しながら、ひとりでワインのボトルを一本空けましょうか——」

もちろん、赤ワインだ。

一九九八年のD・R・C——ドメーヌ・ド・ラ・ロマネ・コンティの、グラン・エシェゾーがいい。

「思い出せばいい」

ボックは言った。

鼻声になっている。

「寝たきりのベッドの上でも、車椅子に乗りながらでも……」

「墓場でも？」

フンッ、
フンッ、
と、ボックは、鼻から血を飛ばした。

「おれもね、考えていたことがあるんだよ」

ボックは言った。

「何をです？」

「人を殺すことをだよ……」

「人を？」

「素手でね」

そういうことは、みんな考える。

特別なことじゃない。

「いったい、どれだけの痛みに、人は耐えられるんだろうってね。いったい、どれだけのパーツに分けられたら、人は死ぬんだろうって――」

「へえ」

「ちょっと違うかな」

「何がです？」

「正確に言うよ。いったいどういう痛みをどれだけ与えられたら、人は、死にたくなるんだろうってね。どれだけのパーツに、人の身体を分けたら、そいつは、殺してくれって頼むのかってね――」

「人それぞれでしょう」

「まだ、正確じゃなかった」

「正確じゃない？」

「そうだ。この状況に合わせた言い方をしなくちゃな」

「この状況？」

「あんたは、どれだけのパーツに分けてやったら、殺してくれって、言い出すのかな」

「どうでしょう」

「耳をちぎって、唇をむしって、歯を一本ずつ折って、指を引っこ抜いて、目だまをひとつずつとって、手首をもいで、足をもいで、どこまでやったら、あんたは、殺してくれって言うのかな……」

「それは、興味がありますね」

「だろ?」
「試してみます?」
「そのつもりだよ」
ボックが、突っ込んできた。
龍王院弘は、ためらわず、右足を踏み下ろした。
踵から。
斜め下に。
激痛が走る。
しかし、それで、はずれていた関節がはまった。
横へ逃げて、ボックの腕をくぐり、肘を当てる。
ボックの胸へ。
当たった。
跳んで、離れる。
さっきと同じ距離で、ボックと向きあった。
ボックは、笑いながら、右手を持ちあげている。
その、右手の、人差し指と親指に、何かが挟まれていた。
黒っぽい布と、そして、小さな赤いもの。
そこから、血が滴っている。

肉であった。

龍王院弘の右腕——上腕の肉。

それを、ボックは、袖の布ごと、ちぎりとっていったのである。

龍王院弘の右上腕に、痛みがある。

指の間のものを、

「ひとつ……」

そう言って、ボックははじき捨てた。

また、ボックが、突進してきた。

逃げる。

左へ跳んだ。

離れて向きあう。

ボックが、左手を持ちあげている。

その親指と、人差し指に、また布と肉片がつままれている。

龍王院弘の、左肩の肉だ。

「ふたつ」

ボックが、また、それを指先ではじいて捨てる。

「どうだい、怖いだろう」

「——」

「あんたが、おれに一発当てるたびに、おれは、あんたの身体の一部をちぎってゆく。次は、耳にするかい」

「左腕の、このあたりかな」

龍王院弘は、右手で、左二の腕の中間あたりを指差した。

「ここが、ちょっと痒《かゆ》いんですけどね」

「なら、そこをちぎらせてもらおうか」

「いつでも……」

「いくよ」

ボックが、歩き出した。

ずしり、ずしりと、今度はゆっくり。

龍王院弘は、逃げなかった。

ボックが、身体をぶつけてきた。

龍王院弘は、それをかわさずに、前に出ていた。

前に出て、腰を落とし、左掌を前に向かって打ち出した。

ボックの、左胸——

ちょうど、心臓のあるところ。

どん——

と、入った。

ねらい通りだ。

瞬間、右耳に、痛みが走った。

みりっ、
と、右耳が、半分ほど裂かれていた。

全部裂かれそうなタイミングであったが、それが途中で止まったのは、龍王院弘が、ボックの心臓を打ったからであった。

心臓の上の肉を打ちながら、打つ掌に気の力をのせた。

離れたところから当てる合気ではない。

曲がる鬼勁でもない。

打撃を当てる左掌に、気を込めて、打撃と同時に気を当てたのである。

ふたつの力が重なって、ボックの心臓を打ったのである。

それで、ボックの動きが止まったのであった。

一瞬だ。

しかし、この一瞬は大きい。

右耳が、ちぎれたことは間違いない。

だが、それが、どれだけちぎれたかを確認している間はない。

おわっ、
そういう顔で、ボックは口を開けている。

ほんの一度、心臓が脈打つのを止《や》めたのだ。

その一度が大きい。

その隙間に飛び込む。

肘!!

右の肘を、ちょっと前かがみになっているボックの顔面に叩き込む。

拳なら、鼻頭をねらえるのだが、しかし、距離が近いため、肘を選択したのだ。

肘で打てる場所は、そのだらしなく開けた、ボックの口だ。みっともなく開いたボックの口の中へ、おもいきり。

その口を裂いてやる。

顎をはずしてやる。

口の中へ、右肘を打ち下ろす。

入った。

鼻に、肘をあてれば、眼から涙が出る。

涙が出ているボックの顔を見たかったが、それよりもっと効果的な場所の方がいい。

ざくっ、
と、抉《えぐ》れた。

龍王院弘の右肘の肉が。

ボックの、下の歯に肉を削りとられたのだ。

しかし、歯を叩き折ってやった。
上の歯が三本。
下の歯が四本。
めきゃっ、
という、まとめて歯の折れる感触が、肘にあった。
肘までめくりあげた長袖のTシャツ。
その肘近くに、折れたボックの歯が二本、刺さっている。
快感が突きあげる。
ボックが、こっちを睨んでいる。
しかし、いくら睨まれても恐くない。
それは、ボックの顎がはずれて、下顎がだらりと下がっているからだ。
いい顔だ。
あわっ、
おごっ、
何か言いたいのだろうが、言葉にならない。
ボックが、両手を顎に当て、押しあげる。
ガコッ、
という音がして、顎がはまる。

だが、もどったその顔を、龍王院弘は見ていなかった。

顎の手当てをしているその隙に、ボックの左へ回り込み、右の蹴りをボックの腰へ入れた。

斜め上から、斜め下へ。

蹴り下ろして、
とん、
と軽く当てた。

ダメージを与える蹴りではない。

ボックが、身体を回して、こちらへ向きなおる。

確かに、顎はもとにもどっていた。

だが、折れた歯はもどらない。

その顔に、驚愕《きょうがく》の色が浮いていた。

さすがにわかるよな。

自分の身体だからな。

睾丸が、外に出ているのが。

体内に隠した睾丸が、もとのように陰嚢《いんのう》の中にもどっているはずだ。

コッカケ落とし。

腰を蹴って、体内に入っている睾丸を、陰嚢の中に落としてやる技だ。

それに、ボックは気づいたのだ。

さすがに、ここまではボックも知らなかったろう。

ボックが、退がる。

驚きの中に、不安の色が浮かぶ。

あれは、痛いからな。

睾丸を蹴られる。

睾丸を握り潰される。

それは、地獄だ。

男なら、誰でも、その痛みはわかっている。

人だけじゃない。

ライオンであろうと、虎であろうと、羆《ヒグマ》であろうと、どんな動物であれ、この痛み、睾丸を攻められる激痛から逃れることはできない。

それは、睾丸が、内臓だからだ。

睾丸を蹴られるということは、内臓を直接蹴られるということと同じである。睾丸を握り潰されるということは、内臓を直接握り潰されるということと同じである。

たとえば、肝臓を。

たとえば、心臓を。

たとえば、腎臓を。

それらの臓器は、守られている。

あばら骨によって。

あるいは、硬い筋肉——腹筋、それが睾丸である。

唯一、守られていない臓器、それが睾丸である。

柔らかい皮膚の袋の中に入って、ぶら下がっている。

これは、内臓がむき出しになっているというのと同じだ。

「楽しいことになってきましたね……」

龍王院弘は言った。

「ああ、楽しいな……」

ボックがつぶやく。

ひきつった笑みが頬に浮いている。

ボックは、腰を落とし、胸の前で、両腕をクロスさせた。

「コオオオオオ……」

息吹だ。

クロスさせた両腕を離しながら、呼気を吐く。

みしみしみし、
と、ボックの肉体が、軋み音をあげながら密度を増してゆく。

「フォッ!」

ボックが動いた。

足。

拳。

膝。

肘。

ボックのあらゆる身体の部位が、龍王院弘に向かって襲いかかってきた。

凄まじい速さであった。

が、龍王院弘の疾《はや》さは、それを凌駕《りょうが》した。

ボックの攻撃のことごとくを、かわし、受け、流し、ボックの間合の内側に入っていった。

ふっ、
と、龍王院弘の身体が、ボックの眼の前から消えた。

ボックの肘をかわしながら、背後へ回ったのである。

ぞくり、
と、ボックの背を、蜘蛛の触手が走り抜けた。

後ろから、股間をねらわれる!?

跳ぶのも、逃げるのも間に合わない。

ボックがやったのは、自らの股間——を右手で覆い、隠すことであった。

この手の上からなら、蹴られてもダメージは少ない。

逆に、蹴られたその瞬間、龍王院弘の足首を摑んで、一気に引き倒しながら、膝を落とし、そのまま上に乗って、顔をおもいきり殴り潰す——そういうつもりだった。

しかし、そうはならなかった。

ボックの尻に、激痛が走った。

睾丸を打ってくるはずの龍王院弘の、右足の爪先が、ボックのふたつの尻肉の間に入ってきたのであった。

龍王院弘の右足の爪先が、ボックの肛門を直撃したのである。

肛門が、裂けた。

「くはっ……」

ボックが、声をあげる。

ボックが怯《ひる》んだ。

睾丸を押さえていた右手が、離れた。

その瞬間、龍王院弘の次の蹴りが、こうなるのをわかっていたように、ボックの股間に向かって、はねあがったのである。

ぐちゃっ、
という音がした。

ボックの睾丸が、潰れる音だ。

「あおっ⁉」

ボックが、声をあげる。

蹴りで、肛門が裂けるというのも激烈な痛みであるが、それとはまた別種の痛み、人間、あるいは自分という存在を根源から消し去るような痛み――痛み以上の苦しみ。

それが、ボックを襲った。

呼吸ができない。

眼球が、半分以上、前へせり出した。

ボックが、歯を食いしばって、その痛みを噛んでいる。

唇を歪ませ、表情を鬼のようにして、耐えている。

その表情を、龍王院弘は見た。

まだだ。

まだ結着していない。

眼が光っている。

こういう顔をしているやつは、まだ反撃してくる。

眼に、こういう光を宿しているやつは、ギブアップしていない。

「シャア……」

蹴った。

腹を。

打った。
顔面を。
跳んで、ボックの頭を両手で抱え、膝を鼻頭にぶち込んだ。
ボックの鼻がひしゃげた。
しかし、まだ、ボックは立っている。
打つ。
打つ。
打つ。
蹴る。
蹴る。
蹴る。
狂った。
どうなってもいい。
ボックが。
そして、自分が。
狂気。
そして、おそるべき快感。
人間の身体を破壊する暗い悦び。

自分は獣だ。
あの時、牧場近くの森の中で見た、あの獣と同じものだ。
それでいい。
ボックの顔面が、血みどろの、ぼろ雑巾のようになった。
それでも、まだ、ボックは立っていた。
血の中から、ボックの眼が龍王院弘を睨んでいる。
なら、その眼を――
龍王院弘が、その眼を突きに行こうとしたその時――
真上の樹の梢が、動いた。
龍王院弘の背を、恐怖が走り抜けた。
来る。
真上からだ。
ざあっ、
と、梢が一斉に揺れた。
そして、真上からそれが襲ってきた時、龍王院弘は、大きく後方へ跳んでいた。
つい今まで、龍王院弘が立っていた地面に、真上から何かが叩きつけてきた。
気の塊り。
鬼勁であった。

龍王院弘と、ボックの間に距離が生まれていた。

この、わずかな時間に、もう、ボックは回復に向かっていた。

「ふしゅるるるる……」

ボックが、呼気を吐いた。

血の混ざった唾が飛ぶ。

「よくも……」

ボックが言う。

「よくも、おれを、ここまで……」

にいいっ、
と、血のからんだ歯を見せて、ボックが笑った。

「死ね、猿……」

ボックがつぶやいた時、

「こっちだ」

「声がしてるぞ」

そう言う声が、闇の奥から届いてきた。

ボックの仲間が、こちらに向かって近づいてきているのだ。

龍王院弘は、ボックを見た。

「よかった……」

龍王院弘が囁くように言った。

「あなたの仲間に感謝しますよ。あやうく殺人を犯すところでした……」

人の気配が近づいてくる。

「いい晩でしたよ」

龍王院弘は、言うなり、背を向けて走り出していた。

夜の森の中へ――

四章　狂仏《ニョンパ》の森

1

テンジン・ツォギェルは、吐蕃《チベット》の西にある小さな村に生まれた。

寺《ゴンパ》にあずけられたのは、六歳の時である。

村では、多くの子供が、一度は寺にあずけられる。

村全体が貧しくて、口べらしをしたいために、だいたいの家では、子供を寺にあずけることになる。寺に入れば、誰であれなんとか食べてゆくことができるからだ。

しかし、テンジンの場合は、もちろん家が貧しいということはあったのだが、口べらしのためばかりではない。

テンジンが、よく見るからである。

何を見るのか。

他の者が見えないものを見、他の者が聴こえないものを聴く。

小さい頃から、テンジンは、

「ほら、あそこに誰かいるよ」

と、指を差す。

しかし、そこには誰もいないということがよくあった。

指を差すのは、地平線の向こうであったり、家の屋根の上であったり、時に、人のいるはずのない空であったりした。

「誰もいないじゃないか」

父親も母親も、そのように言うのだが、テンジンは、

「いる」

と言う。

「あのひとは、黒いよ」

と言う時もあれば、

「そこのひとは、光ってる」

そんなことを言ったりする。

「鳥が……」

と言ったり、

「あれは、脚が四本あるから、雪豹《ユキヒョウ》じゃないかなあ——」

そんなことも言う。

そこにいないものの声や、他の者には聴こえない音を聴いたりする。

「樹がしゃべったよ」

と言うこともあるし、

「あそこの家の前の石は、よくしゃべるよ」

そんなことを言う時もある。

もちろん、他の者には聴こえない。

「何をしゃべっているの？」

そう問われれば、

「わからない」

と言うこともあるし、

「明日、雨が降るって言っているよ」

そう言うこともある。

ただ、誰がどこでしゃべっているのかはわからないままだ。

だが、明日の天気の話で言えば、テンジンが口にしたことで、はずれたことはなかった。

気味が悪い、と言う者もいれば、この子は将来、たいへんな聖《ひじり》になるぞと言う者もいた。

犬や、鳥、ヤクなどの動物が、テンジンにはよくなついた。

意味が通じているのか、いないのか、一日中、犬に話しかけているようなことも、たびたびあった。

不思議な子供だった。

テンジンは、奇妙なことに、生まれた時、背や腰、身体の一部に鱗《うろこ》があり、尾骶骨《びていこつ》が、通常の赤子よりも長かったという。

それもあって、寺にあずけられたのである。

寺と言っても、仏教の寺ではない。

ポンの寺《ゴンパ》である。

ポン――ポン教のことだ。

ポン、とだけ呼ばれることも多い。

ポン教――仏教が入ってくる以前、吐蕃にあった古い宗教だ。

古い呼び方をするなら、ラチューである。

「ラ」が「神」。

「チュー」が「法」。

通して呼べば、ラチュー――神の法ということになる。

ポンの始祖は、トンパ・シェンラプ・ミボと呼ばれるブッダである。

もちろんここで言うブッダというのは、釈迦《しゃか》、つまりゴータマ・シッダールタのことではなく、本来の意味である覚った者、覚者ということである。

ポンの聖地は、吐蕃の西の果てにあるカイラス山という雪を被った独立峰である。

トンパ・シェンラプ・ミボが初めてこの地上に降り立ったのが、そのカイラス山ということになる。

奇妙なことに、このカイラス山は、三つの宗教の聖地でもあった。

すでに述べたように、まずは、ポンの聖地である。

二つめが仏教で、三つめがヒンドゥー教ということになる。

仏教の考え方では、カイラス山は、ブッダということになる。カイラス山であるブッダが、仏弟子たちであるヒマラヤの山々に向かって、説法している姿というのが、カイラス山ということになるのである。

ヒンドゥー教では、カイラス山は、シヴァ神そのものであり、そのシヴァ神のリンガ――つまり男根である。

このカイラス山を、それぞれ三つの宗教の徒が巡礼をする。

仏教徒も、ポン教徒も、カイラスを巡礼しつつ、五体投地をしながら、その周囲を回ってゆく。そこまでは同じなのだが、違っていることがある。

それは、仏教徒が、時計回りにカイラスを回るのに対し、ポン教徒はその逆回りにカイラスを回るということである。

カイラス山――吐蕃の人間は、この聖なる山を、カン・リンポチェという。

拉薩《ラサ》よりも遥《はる》かに西――このカン・リンポチェに近いところにテンジンの村はあった。

寺《ゴンパ》でのテンジンの師は、名をバグワンといって、七十歳の老人であった。真言士《ンガクパ》でもある。

真言士というのは、職業呪術士とでも言えばよいであろうか。夢を占ったりもするし、子供が生まれたり、親が死んだりした時には、その儀式をとりおこなったりもする。

しかし、この真言士の一番大事な仕事というのは、天候と戦うことであった。

いつの頃からか、吐蕃には、次のような考え方が生まれた。それは、大きな霰《あられ》や雹《ひょう》が降って、作物が駄目になるのは、八部衆の悪神の仕業であるという考え方である。

八部衆——すなわち、天、龍、夜叉《やしゃ》、乾達婆《けんだつば》、阿修羅《あしゅら》、迦楼羅《かるら》、緊那羅《きんなら》、摩伽羅迦《まからか》たちが、民を害することを好み、霰や雹を降らして、作物を駄目にして悦んでいるというのである。

八部衆の神が、霰や雹を作るのは冬の間であり、これを天のいずれかに集めておいて、夏に地上へ投げ下ろすのだという。

これと戦うのが、真言士の役目である。

戦う時に使用するのが、防霰弾《ぼうさんだん》である。

防霰弾の大きさは、雀《スズメ》の卵ほどの大きさで、泥を丸めたものだ。丸める時に、呪文を唱え、その中に霊力を込める。この防霰弾は、四月頃から作りはじめられ、夏の頃にはおびただしい量になっている。

そして、夏に、防雹堂にこもる。

防雹堂は、高い山の頂にある。そこからだと周囲がよく見渡せて、雹や雹を降らせる雲が近づいてくるのがよくわかる。

それで、真言士は、そういった雲が近づいてくると、真言を唱えながら、防雹弾を空に向かって投げるのである。

こうして、呪術によって、村の作物を守るのだ。

かわりに、真言士は、とれた作物の何割かを税として受けとることになる。

これが、主な真言士の収入になるのだが、防雹弾と真言が効かず、作物の被害があまりにも大きかったりすると、時に、真言士は、村の者から殺されてしまうこともあるのである。

テンジンの師となったバグワンは、その真言士でもあったのである。

テンジンは、寺に入った最初の晩に、夢を見た。

不思議な夢であった。

大きな岩の上に立っている。

山の頂に近い場所だ。

眠っていると、声が聴こえたというのである。

「テンジンよ、起きよ……」

そういう声であった。

覚えのある声ではないが、

「起きよ……」

そのように言うのである。

それで、眼を開いたのだ。

そうしたら、岩の上に立っていたというのである。

寝ている時に、眼を開けたというのなら、そこは、寝台の上でなければならないのに、荒野を見下ろす岩の上に立っているのが妙であった。

夜——

月が空にかかっていて、岩の上から、荒野の暗い広がりが見てとれた。

地平線の遥か向こうに、白っぽい、雪を頂いた山が見えている。

カン・リンポチェである。

そして、宙に、神が浮いていたというのである。

ほのかに、微光を帯びて光る、翼のある神である。

ちょうど、その神の足の爪先が、そのカン・リンポチェの頂を踏んでいるように見えた。

その神は、両足の爪先で、交互にその山の頂を踏んでいる。

両手が、ひらひらと宙で動く。

足が持ちあがって、カン・リンポチェの、雪の頂を踏む。

この宇宙に、破壊と再生を繰り返す、シヴァのダンスというのは、このようなものか
と、まだ六歳になったばかりのテンジンは、そんなことを考えている。

ずいぶん美しい神であった。

「急げ。急げよ、テンジン。急がねば、おまえは、おまえの仕事に間にあわぬぞ」

「仕事?」

と、テンジンは、その神に問うた。

「そうじゃ」

と、その神がうなずく。

「どういう仕事なのですか」

テンジンが訊く。

「その時がくれば、わかる。必ずわかる。それが自分の仕事であると。しかし、その時、それが自分の仕事とわかることができるように、修行せよ。修行こそが、おまえをその仕事に向かわせようとする力になるのだ」

そこで、テンジンは眼が覚めたのである。

朝の陽光が、まだ、窓から差してくる前であった。

地平線に近い東の空が、ほんのりと明るい。

同じ部屋の兄弟子たち三人は、まだ寝息をたてていた。

小さく低い声で、何かを唱えている声が聴こえていた。

朝のお勤めにはまだ早い時間であるというのに、師のバグワンが、読経しているらしい。

外へ出る。

西の空は、まだ夜で、頭の上では満天の星がひそひそと光っている。

西の方へ寺《ゴンパ》の壁を回り込んでゆくと、バグワンの背中が見えた。

バグワンは、岩の上に座して、何かを唱えている。

テンジンは、声をかけるのをやめた。

バグワンの時間を邪魔してはいけないと思ったからである。

岩の丘の上にある寺であった。

その西側に、大きな岩が突き出ていて、その上が平らになっている。

バグワンは、その上に座しているのであった。

岩だらけの平原が、ずっと遥かに続いている。

地は、まだ夜の底に沈んでいる。

東の空の淡い光は、まだ地上に届いていない。

西側は、空も地も、まだ静まりかえっている。

地平の上に、ぽつんと、小さく山の頂が見えていた。

三角形をした、握り拳のような白い山――カン・リンポチェ、カイラスである。

しん、と澄んだ夜の闇の底に、カイラスが座している。

星明かりに、カイラスの雪の白が淡く光っている。

さっきまで、夢の中にあった山だ。

バグワンの後ろ姿は、おごそかで、早朝の冷気の中に、自然物のように見えている。

座している岩と同化して、風景の一部になってしまっているようであった。

後ろから見つめていると、テンジンの気配に気づいたのか、バグワンの声が止《や》んで、その顔が、ゆっくりとこちらを振り向いた。

「テンジン……」

老僧は、低い声で、テンジンの名を呼んだ。

「テンジン・ツォギェル、どうしたのだね」

バグワンが言った。

優しい眼が、テンジンを覗き込んでくる。

テンジンは、その声も、その眼も、着ている服も、ちょっと曲がった背も好きであった。

「夢を見ました……」

テンジン・ツォギェルは言った。

声が少しはずんでいるのは、空気が薄いためではない。

標高五一二〇メートル。

海抜〇メートルに比べれば、酸素の量は半分である。

しかし、生まれた時から、この高原に住んでいるテンジンには、どうということはない。

「どんな夢かね」

「カン・リンポチェの……」

テンジンは、さっき見た夢を、バグワンに語った。

「ああ、なるほど、それはいずれにしてもたいへんな夢だね」

バグワンが言う。

「山の雪の上に、爪先立ちして、神さまが……」

「ふうん」

うなずきながら、バグワンは膝をくつろげ、

「こちらへおいで……」

テンジンを手まねきした。

「はい」

喜んで、テンジンは、バグワンの横に立った。

「いいかね、テンジン。どんな夢にも意味があるんだ。どんなにつまらなそうに思える夢でも、それは、心の言葉なのだ」

「心の？」

「そう。人の心はね、何層にも積み重ねられた、深い深い泉なのだよ。その一番深いところに、阿頼耶識《あらやしき》という場所がある。夢はね、その阿頼耶識から、その人に届けられた手紙のようなものだ……」

「そうなのですか、お師匠さま……」

「そうだよ。呼吸と瞑想《めいそう》とによってしか、たどりつくことのできない心の深みだ……」

そう言われても、まだ、テンジンにはわからない。

「今は、わからなくていい。これからたくさん修行して、行を成就させたその時に思い出せばいいんだ」

「そうなんですか?」

「そうさ。その心の深い場所ではね、ものにかたちがない。かたちがないから、全てが同じものなんだ。たとえば――」

人と、ヤクが同じものに見える。

ヤクと人が同じものに見え、人が石と同じものに見える。

草や木とも。

水や風とも。

「この世の全ては、そこで分かちがたく結びついている」

「虫と人も?」

「もちろん」

「人と魚も？」

「もちろん」

「人と水は？」

「同じものだよ」

「空とは？」

「同じものだよ」

「風とは？」

「もちろん、同じものに決まっているじゃないか――」

バグワンは言った。

「それらのものは、心の深みではかたちがない。かたちがないから、それは、何でもあるものなのだよ。あらゆる元素。眼に見えるものだけではない。眼に見えないもの。たとえば、痛み、人の想いであるとか、怨《うら》みや憎しみ、慈悲だとか、哀しみ、喜びまでもが、この阿頼耶識の海の中で、混沌《こんとん》としてひとつものとなって溶けあっているのだよ」

「時とか、速度とか？」

「神もね」

「神も？」

「うん」

「仏も？」

「もちろん」

バグワンは、優しく、しかし、はっきりとうなずいた。

「そして、それは、特別な場所ではないのだ。遠くへゆく必要はないのだ。何よりもすぐ近くに、自分の心の中にそれはあるのだ。ただ、心の中へ降りてゆく方法を学びさえすればいいのだ」

「では、お師匠さま、わたしが見た夢は、阿頼耶識からやってきた神が……」

「早まってはいけないよ。おまえが夢で見たものは神であるかもしれないが、実は真逆の悪魔であるかもしれないのだからね」

「悪魔？」

「時に悪魔は、神の姿として現われることもあるからね」

「神も悪魔も、同じもの？」

「そうだよ。だから、人は迷うのだ。迷わぬためには、修行をする以外にないね。自分の眼で見、自分の頭で考える。そうしたらわかる」

「何がわかるのですか」

「今朝、おまえの見た夢の意味がね」

「本当に!?」

「一年かかるか、五年かかるか、十年、二十年かかるかそれはわからないが、いつか必ずわかる時がくる」

「はい」

「おまえは、特別な子だ。人には見えないものが見える。人には聞こえない音や声を聴くことができる。生まれた時は、背に鱗が生えていたそうだね」

「今は、ありませんけれど……」

「人はね、母の胎内で、魚になり、尾のある蜥蜴《トカゲ》になり、動物になり、そして人間となって生まれ出てくるのだ。おまえの身体に生えていたという鱗も、尾もその時の名残りかもしれないねえ――」

語っていたバグワンは、ふいに言葉を切り、

「点《とも》ったよ」

そう言った。

「点った？」

「灯りがね、ほら……」

そう言って、視線を西の地平へ向けた。

「あっ」

と、テンジンは声をあげていた。

地平線の上に、ぽこりと浮きあがったカイラスの、白い雪の峰が、ねっとりとした赤い色に染まっていた。

空に、まだ星が残り、地平線から太陽も姿を現わしていない。

しかし、地平線の向こう側にある太陽の光が、カイラスの頂に、もう届いているのであった。

まさに、大地に点された灯りであった。

そうして、テンジンは、寺に入って最初の晩を過ごし、今、夜明けをむかえようとしているのであった。

2

テンジン・ツォギェルが入ったのは、ドルマ寺《ゴンパ》と呼ばれている寺であった。

小さな寺だ。

師は、バグワン。

そのすぐ下に、四十歳のジャユン。

兄弟子に、二十一歳のドムトゥン。

十八歳の、ツルティム。

十二歳の、トゥントゥプ。

そして、テンジンを合わせて六人が、ドルマ寺の全員であった。

ドムトゥン、ツルティム、トゥントゥプ、テンジンが、同じ部屋で寝起きすることになっている。

寺に入って二ヵ月後、テンジンは、久しぶりに村へ下りることとなった。

用事があって、地元の有力者の家に出かけることになったバグワンに、

「ついておいで」

そう言われたためである。

テンジンは、バグワンについて、村へ下った。

「どうだね、最近は、見るかね」

歩きながら、バグワンは訊ねてきた。

「夢のことでしょうか、お師匠さま」

「違うよ。屋根の上を歩いたり、庭の隅にうずくまっていたりする、おまえにだけ見えて、他の者には見えないもののことだよ」

「いいえ、寺に入ってからは、ほとんど見たことがありません」

テンジンは答えた。

そう言えば、このところ、そういうものを一度も見ていないことを、問われてからテンジンは思い出していた。

「お師匠さまも、あれが見えるのですか？」

「見えるよ」

バグワンは言った。

「しかし、わたしは修行によって見えるようになったのだ。おまえのように、生まれつ

きというのではない」

ここで、テンジンは、前から考えていたことを、おそるおそる訊ねた。

「あれは、見えた方がいいのでしょうか。見えない方がいいのでしょうか」

「それは、どちらでもない」

バグワンの答えは早かった。

「見えた方がいいこともあるし、見えない方がいいこともある。歌が上手な方がいいか、力が強い方がいいか、そういうことと同じだよ。どちらがよくて、どちらがよくないというものではないのだ。見えるのなら、その見えるということを、おまえがおまえの中で、どうよく生かすかということだな」

そういう話をしているうちに、村に着いていた。

自分の生まれ育った、見知ったはずの村であったが、知らない国の知らない村を見るようで、それがテンジンには新鮮であった。

自分の両親や、兄弟に、偶然出会うかもしれない。会ったらみんな、驚くだろう、そう思うとどきどきした。

目指す家に着いた。

テンジンも知っている、ペマ・ギャルポという大地主の家である。

石を積み、泥を張りつけた壁に囲われた大きな家屋敷であった。

行ってみると、屋敷の人間たちが、そわそわして、落ち着かない様子で動きまわっている。

「ペマ・ギャルポさんの娘さんがな、明日、嫁ぐのだ」

バグワンが言った。

その式のうちあわせのため、バグワンはやってきたのである。

ひと通りの挨拶がすみ、

「そろそろ始まりますが、ごらんになりますか――」

ペマ・ギャルポが、バグワンにそう声をかけてきた。

「見させていただこう。そのために、この子を連れてきた」

バグワンは言った。

庭へ、案内された。

庭の槐《エンジュ》の樹に、一頭のヤクが繋がれていた。

誰かが、綱を解《ほど》いている。

「よいか、テンジン。あのヤクをよく見ているんだよ」

バグワンが、テンジンに声をかけてきた。

「何が始まるのでしょう、お師匠さま」

「見ていればわかる」

「はい」

「ただ、このように思いながら、見るのだ」

「はい？」

「人が、輪廻転生《りんねてんしよう》するという話は、知っているね」

「はい」

六歳ではあったが、吐蕃に生まれた人間にとっては、それは珍しい考え方ではない。

人は、生まれかわる。

人ではなく、馬や牛、犬、鳥、どのような生き物も、この長い時の中を生まれかわり、死にかわりして生きていく。

人は、今生では人であっても、来世もまた人間として生まれるとは限らない。

次に生まれかわる時は、人ではなく、牛か虫になるかもしれない。

それを決めるのは、今生で生きているときに、どれだけ良いカルマを積むことができるかどうかだ。

善行を積み重ねれば人に、悪行を積み重ねれば、それに応じて人でない生き物に生まれかわる。

「つまり、あのヤクは、この輪廻転生のくりかえしの中で、過去世のある時は、おまえの父親であり、母親であったかもしれない」

「はい」

「また逆に、おまえの息子か娘であったかもしれない」

「はい」

「あるいは妻であったか、友人であったか。輪廻転生とは、そういうことだ」

そう言ったきり、バグワンは黙った。

テンジンは、ヤクを見ていた。

槐の樹から放たれたヤクは、庭の中央に引き出されていった。

ああ、そうか。

テンジンは、これから何が起こるか、その見当がついた。

ヤクを、六人ぐらいの人間が囲み、動かぬように、周囲から押さえつける。

引き綱を握った人間が、ヤクの鼻頭を前に引っぱって首を伸ばす。

その時には、もう、大きな山刀《ククリ》を抜いた男がひとり、ヤクの横に立っている。

山刀を両手で握り、男は、それを高く振りあげ、ねらいを定めて、ヤクの頸《くび》に打ち下ろしていた。

その一撃では、首は落ちなかった。

二度、三度、分厚くて鋭い刃が、ぱっくり傷口が開いて、白い骨が見えている箇所目がけて打ち下ろされる。

血がしぶいた。

どさり、と、重い音をたててヤクの首が落ちた時、

「あっ」

と、テンジンは声をあげていた。

そこで、ようやく、ヤクは、首の失《な》くなった胴を、土の上に横倒しにしたのであった。
テンジンの眼から、激しく涙がこぼれていた。
何で、ヤクの首が斬り落とされたか、テンジンにはわかっていた。
その肉を、明日の結婚式の時に、皆で食べるためである。
通常は、羊だ。
あるいは豚を食べる。
ヤクの肉は特別だ。
他の肉に比べ、高価である。
結婚式であるから、ヤクの肉がふるまわれるのである。
これまで、羊や豚が殺されるのは何度も見たことがあった。
鶏ならば、自分で首を斬って、羽を毟《むし》ったこともある。
吐蕃では、ごく普通に見ることのできる光景であった。
それが、どうしてこんなに涙が出てしまうのか。
涙が止まらない。
「わかったかね」
バグワンが訊ねてきた。
「はい」
テンジンは、涙をぬぐいながら、顎を引いてうなずいた。

「はい」

何度も、何度もうなずいた。

今、ヤクの首が斬り落とされた時、自分の母親の首が斬り落とされたように、テンジンは感じたのである。

それで、思わず声が出て、涙が出てきたのだった。

3

寺《ゴンパ》での暮らしは、楽しかった。

毎年、皆で防霰弾を作るのも、いやではなかった。

同じ村の中でのことであったので、家族には時おり会えたし、年に何度かは家に帰ることもできたからである。

寺に入って四年――

テンジンは、十歳になっていた。

あれは、それでも時おり見ることがあった。

部屋の隅にうずくまって、こちらを見あげていたり、朝のお勤めの時、バター茶の入った器の横を、それが歩いたりするのを見た。

それが、猫のように見えることもあった。

犬のように見えたり、ヤクのように見えることもあり、そして、人のように見えることもあった。

あいかわらず、他の者には見えないらしい。

しかし、テンジンは、もう、あえてそれが見えたりすることを、口にしなくなった。

見える回数は、寺に入ってからは、半分以下になっていた。

今では、かつての三分の一くらいだ。

それが、寺に入ったからであるのか、歳をとったからであるのか、どちらであるのかはわからない。

わかっているのは、それを口にしない方が、世の中はうまく回ってゆく、ということであった。師のバグワンは、おそらく見えているのであろうが、そのことをテンジンは口にしたことがない。

家にはもどらず、ずっとこのまま、ポンの僧侶として生きてゆくのでよいと思いはじめていた。

バグワンに学び、真理について探求するのも、自分に合っているような気がした。

ポンのゾクチェンが、テンジンは気に入っていたのである。

そういう日常に変化が訪れたのは、寺に入ってから八年目、テンジンが十四歳になった時だ。

その日の晩——

バグワンが、皆を自室に呼び出した。

ジャユン、ドムトゥン、ツルティム、トゥントゥプが、バグワンの部屋に集まった。

皆、それぞれに八年、歳を重ねていた。

バグワンは、七十八歳になっていた。

ジャユンが、四十八歳。

ドムトゥンが、二十九歳。

ツルティムが、二十六歳。

トゥントゥプが、二十歳。

この八年の間には、何人か寺に入った者があるにはあったのだが、皆が皆、それぞれの事情で、寺を出ていっている。

皆がそろったところで、

「わたしは、誰かに命をねらわれている」

バグワンは、静かな口調で言った。

弟子たちは、

「えっ⁉」

驚きの声をあげた。

「何のことです、突然に」

と、ジャユンが訊ねたことにより、バグワンに一番近いジャユンですら、それを知らなかったことを、一同が知ったのである。

小人数の寺であるから、今はもう、皆が家族のようなものであった。

言っている間に、バグワンの右の鼻の穴から、すうっと血が滑り出てきた。

バグワンが、それを、懐から出した布でぬぐう。

その布が、血で濡れている。

「これを見たかね」

バグワンは、血をぬぐった布を、また懐にもどした。

「誰かが、このわたしを度脱《どだつ》しようとしている……」

度脱というのは、誰もが知っている。

呪いによって、人を殺す法のことだ。

キーラの法や、ヤマーンタカの法などがある。キーラであれ、ヤマーンタカであれ、荒あらしい尊神を召喚して、誰かを殺すということでは同じだ。

仏教の、ニンマ派の僧などが、これをやる。

何百年か前、ドルジェタクという僧が、この度脱を能《よ》くしたという。

ドルジェタクは、ネパールなどで、この呪殺の法を学んできた。

夜——

灯りは、灯明皿で燃えている炎の灯りがひとつだけだ。

その炎が、バグワンの顔に揺れている。

「しかし……」

と、口を挟んだのは、ドムトゥンであった。

兄弟子の中では、一番理知的な思考をする人間であった。

「度脱ということなど、今の世に本当にあるのでしょうか――」

当然の疑問を口にした。

通常の感覚で言えば、吐蕃という国は度脱向きの国であると言えた。

なぜなら、吐蕃の人間は、そういった怪しげな力を、その性《たち》として信ずる傾向がある。

だから、誰かが、

「おまえを度脱してやる」

と言って、身を清め、沐浴《もくよく》して、本気になって何かの法を講じているのを知れば、呪われた方は、それだけで、本当に病気になってしまうということが、よくあるのである。

相手に何も告げずに同じことをやっても効かないが、呪っていること、呪われていることを相手に知らしめることによって、プラシーボ効果の逆現象が起こり、相手が体調を崩し、時に死に至るというのは、そこそこあるのである。

しかし、そのくらいの機微は、バグワンは充分に承知していることであろう。

「呪うていることを、相手に知らしめる。そのことが、相手を病にするというなら、間違いなく、度脱は生きた力になるのだよ」

「でも……」

「度脱屋が出てきたのだ」

と、バグワンは言った。

度脱屋というのは、度脱が本当に効いているかどうかを確かめ、効いていないのなら、その相手に毒を盛ったりして、本当に殺してしまったりすることが仕事であった。

「このことについては、これまで誰にも——ジャユンにも話してはこなかった……」

いつものバグワンの声は、落ち着いている。

バグワンの口調だ。

「いつ頃、気づいたのですか?」

ジャユンが問う。

「半年ほど前だ。気づいたというよりは、向こうから、度脱をするぞと脅されたのだ」

「向こう、というのは?」

「アンドルッチャンという男だ」

「あのアンドルッチャンですか」

と問うたのは、ジャユンである。

「ニンマ派のアンドルッチャンですね」

確認してきたのは、ドムトゥンだった。

ツルティム、トゥントゥプの顔色をうかがうと、ふたりは、アンドルッチャンが何者であるかを知らないらしい。

むろん、テンジンにとっても、アンドルッチャンなど、はじめて耳にする名前であった。

「いったい、どういう理由で、アンドルッチャンが、師を度脱しなければいけないのでしょう」

ツルティムが言う。

バグワン——ドルマ寺《ゴンパ》の最高職にあるのに、それほど広い部屋を使っているわけではない。

寝台がひとつ。

他には、タンカがひとつ、壁からぶら下がり、その下にヤギの乳で作った灯り皿がひとつ。

木の机がひとつ。椅子がひとつ。

ヤクの毛で作られた小さな絨毯《じゅうたん》が床に敷かれ、バグワンはそこに座しているのである。

その前にジャユンとドムトゥンが座して、テンジンを含む他の三人は、その後ろに立っている。

灯りは、灯明皿にひとつ火が点っている他は、寝台の足元近くにある窓から、月の光が入ってくるだけだ。

「絵じゃ……」

と、バグワンは言った。

「絵？」

ジャユンが問う。

「絵が欲しいと、アンドルッチャンが言うてきたのさ。半年と、少し前であったか――」

「どのような絵なのですか？」

「これを知る者の中では、外法絵《げほうえ》と呼ばれているものでな……」

「外法絵とは、何のことです？」

「この世にあってはならぬ絵じゃ。アイヤッパンを尊神とした絵じゃな……」

「アイヤッパンと言えば、ハリハラ……」

これは、ドムトゥンが言った。

「シヴァとヴィシュヌが合体した神じゃ」

バグワンがうなずく。

「それが、何故、外法絵なのですか」

「人をな、人でないものにする法が、そこに描かれているからじゃ……」

「人を人でないものにする法ですか」

「うむ」

「わが師よ。その絵をあなたはお持ちなのですか――」

ドムトゥンにかわって、ジャユンが問う。

「いいや」

バグワンは、首を左右に振った。

「この寺のどこかに、その絵があるのですか？」

「ない」

バグワンは、はっきりとそう言って、そこにいる者たちを見回した。

「では、どうして、アンドルッチャンはそのようなことを言ってきたのです？」

「このわたしが、その絵を隠し持って、嘘をついていると思うているのであろうな」

「でも、あなたは、その絵のことを知っている？」

「ああ、知っている」

「見たことがあるのですね」

ジャユンのこの問いに、バグワンは答えなかった。

「この寺にはなくとも、どこかにその外法絵はあるということでしょうか」

「うむ」

バグワンは、苦しそうにうなずいた。

何か、思い出したくないことが、脳裏に浮かんでいるのか、それを振りはらうように、バグワンは小さく首を振った。

「師よ、あなたは、その絵がどこにあるかをご存じなのですね」

その問いにも、バグワンは答えなかった。

「ああ、師よ。わたしたちは、あなたがどれだけ優れた方であるかを、よく存じております。そのあなたが、どうして、その絵のことで、誰かから命をねらわれなければならないのですか――」

「これは、脅しじゃ」

言ったバグワンの、ふたつの鼻の穴から、つうっとまた血が滑り出てきた。

バグワンは、僧衣の袖で、その血をぬぐう。

「絵を渡すか、その絵のある場所を言わねば度脱するぞと言うているのだよ。アンドルッチャンは――」

「では、絵を渡すか、絵のある場所を言ってしまえばよいのではありませんか――」

「それは、できぬよ……」

「何故でございます」

「すでに言うたはずじゃ。それが外道の法であるからじゃ。その絵には、人が人でないものになるための方法が描かれているからじゃ……」

「絵で？」

「うむ」

ジャユンの言葉がしばし、途切れた。

そこへ――

「では、師は、今晩、何故皆をここへ集めたのですか――」

「この度脱によって、近々、わたしは死ぬやもしれぬ……」

バグワンは、おごそかな声で言った。

「しかし、わたしが死んだ時、何が何やらわからぬでは、おまえたちの修行にもさしつかえよう。さらには、わたしが死んだ後、このわたしにふりかかったのと同様のことが、おまえたちの身にふりかかるやもしれぬ。その時のために、おまえたちの全てに、伝えたのじゃ。外法絵のことは、わが死と共に、この世から消えるということをな。誰か、ただひとりにそう言うたのでは、それが、やがてアンドルッチャンに伝わった時、その誰かがわたしと同じ目に遭うことになろう。しかし、ここで、寺の全ての者に、外法絵のことは、わたしがあの世へ全て持ち去ってゆくことを告げておけば、おまえたちの身に災難がふりかかることもあるまいと、そう思うたからじゃ……」

「そのアンドルッチャンですが、どうして、その外法絵のことを知ったのですか――」

トゥントゥプが訊ねてきた。

「わからぬ」

「アンドルッチャンは、いつ、師のところへやってきたのですか。このドルマ寺《ゴンパ》ならば、いつも、この我々五人のうちの誰かがおります。お出かけになる時にも、必ず誰かがお供をいたします。我々の誰も気づかぬうちに、アンドルッチャンにしろ、他の誰かにしろ、師に近づくことができたとは思えませんが――」

ジャユンが問うた。

「防霞堂じゃ」

バグワンは言った。

「昨年の夏、怪しい雲が東から湧きあがり、近づいてくるので、三日、わたしが防霰堂にこもったことがあった。その時に、アンドルッチャンが訪ねてきたのだ……」

防霰堂は、ドルマ寺よりも、さらに高い山の中腹にある。

防霰弾を雲に向かって投げつけ、向こうへ追いやる仕事は、基本的には真言士《ンガクパ》ひとりの仕事になる。

弟子たちが、一日に一度、水と食事を防霰堂へ運ぶことはあっても、一緒にこの仕事をやるということはない。

「アンドルッチャンは、ひとりで？」

「いいや、ベンポという男と一緒だった。おそらくこのベンポが、度脱屋であろう……」

バグワンは、そう言って、静かに顎を引き、うなずくように、それを二度くりかえした。

しばしの沈黙があった。

「それで、師はどうするおつもりですか？」

ジャユンが言った。

「何も——」

「それは、何もしないということですか——」

「そうじゃ。何もせず、普段のままじゃ。おまえたちも、普段のままに。特別なことは何もない。わたしが、ある時、突然に倒れて死に至るようなことがあったとしても、普段のままに。それが修行ということであろうかなあ——」

4

テンジンが、朝のお勤めのあと、バグワンに呼ばれたのは、それから三日後であった。

法事のため、村へ下りるので、供をせよとそこで言われた。

ペマ・ギャルポの娘が、嫁ぎ先で、三人目の子を産んだというのである。

男の子であった。

その男の子に名前をつけ、悪霊などの災いから身を守り、すこやかに育つよう呪《まじな》いをする。

ひとり目の時も、ふたり目の時も、テンジンはバグワンの供をした。

ペマ・ギャルポ家に関わる法事の時は、テンジンが供をすると、そういう風にバグワンは決めているらしい。

このところ、バグワンの足腰は、めっきり弱ってきている。

「もうひとり、つけた方がよくはありませんか——」

ジャユンは言った。

三日前の晩に耳にした度脱のこともある。

しかし、バグワンは、

「いつもの通りじゃ」

そう言って、テンジンを供にして、いつもより少し早めに、村へ下っていったのである。

「帰る時に、たいへんだったら、馬でもヤクでも借りてきて下さい」

ジャユンは、ふたりを見送る時にそう言った。

半分ほども下ったころ、

「少し休もうかね、テンジン」

バグワンが声をかけてきた。

全ての荷は、麻の袋に入れて、テンジンが負っている。

荷の中には呪法の儀式に使用される道具などが入っている。

軽くはないが、吐蕃の十四歳の普通の男にとっては、それほど重いものでもない。

「はい、お師匠さま」

テンジンが、背から荷を下ろす。

肩にかかっていた重さが消えた途端に、ふわっと上半身が宙に浮きあがるような気分になる。

背に薄くかいていた汗が、火照った身体から熱を奪って、蒸発してゆく。

すでに、バグワンは、手ごろな岩の上に腰を下ろしている。

眼下に、近く、村が見えている。

いつもであれば、休まずに下ってしまうところだが、この数日で、もともと弱っていたバグワンの身体は、さらに弱っていた。

バグワンは、岩に腰を下ろして、村を見下ろしている。

大地の上に、家が散らばっている。

白く塗られた壁。

青く塗られた窓。

犬がちらほらと見え、人が歩いているのが見える。

草を食《は》んでいるヤク。

柵の中のゾッキョ。

ロバの姿が見え、尻を出して走る素足の子供の姿も見える。

空気は薄いが、そこに注ぐ陽差しがあたたかい。

遥か遠くには、羊の群れがいる。

わずかばかりの草を、羊が食んでいる。

その上に、天に浮く雲が影を落としている。

その影が動いている。

「よい眺めじゃ……」

バグワンが、村に視線を向けたまま、つぶやく。

「わたしは、この風景が好きでなあ……」

低い声でつぶやいた。

「はい」

テンジンはうなずく。

しばらく、ふたりは無言で村を見下ろしていた。

と――

「何故、黙っていたのだね」

ふいに、バグワンが言った。

「何のことでしょう」

テンジンが言う。

「三日前の晩のことだよ」

バグワンは、村へ顔を向けたまま言った。

「あの時、あの外法絵の話や度脱の話をした時、みんなが様々なことを口にした。しかし、テンジン、おまえだけが黙っていた……」

「――」

「あれは、何故かね」

「――」

「おまえには見えていたのではないかね」

バグワンは、テンジンに向きなおった。

「どうだね？」

バグワンが、またテンジンに問うた。

「はい……」

細い声で、テンジンがうなずく。

ここで、初めて、テンジンは気がついた。

今日、バグワンが、自分に供をするよう命じたのは、法事が目的ではなく、この話をするためであったのではないかと。

それで、足腰が弱っていることを口実に、いつもより早めに寺《ゴンパ》を出たのだと。

「何が見えていた？」

これは、もう、隠すわけにはいかない。

「黒い、雲のようなものが……」

正直に言った。

「黒い雲のようなものが、どうしたのだね」

「お師匠さまは、ご存じではないのですか」

「わたしのことはよいのだよ。おまえに何が見えていたのか、それを正直に話してくればよい。その前に、何かをわたしが言葉にしたら、おまえはそれに影響されて、見えていたものについて語る時に、わたしの言葉がそこにまぎれ込んでしまうだろう」

「わかりました」

テンジンはうなずいた。

「お師匠さまの身体を、黒い雲のようなものが包んでおりました。普通に、眼に見える雲ではありません……」

「というと、ジャユンや、ドムトゥン、ツルティム、トゥントゥプには見えていなかったと？」

「たぶん」

「おまえには見えていたのだね」

「はい」

「いつからだね？」

「この三月《みつき》くらいかと思います……」

はじめは、

〝あれ!?〟

と思っただけだった。

師であるバグワンの肩のあたりが、霞んだように見えたのだ。

一瞬、そのあたりがちょっとぼやけたような——

気になって、眼を凝らしてみると、それはもう見えない。

何かの、眼の錯覚かと思った。

それで、そのままそのことは忘れた。

思い出したのは、三日後であった。

朝のお勤めがすんだ後、また、あのもやのようなものが、バグワンの肩のあたりに見えたのだ。

間違いない。

今、見えている。

黒っぽい霧のようなもの。

これは、何か。

これまで、一度も、バグワンについては見えたことのなかったものだ。

いったい、何か。

眺めているうちに、朝日にあたった朝霧のように、いつの間にか、そのもやは消えていた。

それからは、三日に一度は見るようになり、それが、二日に一度になり、一日に一度になった。

そして、気がついたのだが、見るたびに、その黒いもやが、だんだん濃く、大きくなってゆくのである。

他の兄弟子たちの視線を見ていると、彼らにはそれが見えていないらしい。

だが、師のバグワンはどうなのか。

自身の身体を包む、その黒いものについて気がついているのであろうか。

この頃は、

「何か見えているかね」

とは、ほとんどバグワンから訊ねられなくなった。

見えぬものが見える——そういう話題から遠ざかっていた。

それで、訊ねそびれてしまったところもある。

ふた月が過ぎて、いよいよ、バグワンを包む黒いものが濃くなってきた。

これはいくらなんでも、訊ねた方がいいであろう。

しかし、それは、バグワンとふたりきりの時の方がいい。

他の者がいない時に、これはすべき話ではないかと思ったのである。

だが、その機会がないまま、さらにひと月が過ぎてしまった。

たとえ皆の前であろうと、この黒いもののことを師に問わなくては——とテンジンが決心したのは、この黒いもやが、バグワンを包むようになって、眼に見えて師の身体が弱ってきているのが明らかだったからである。

そう思っているとき、三日前の晩、皆がバグワンに呼ばれ、度脱と外法絵の話が出たのである。

「他の者には見えず、おまえだけが気づき、見えていたもの、これは何だと思うね？」

バグワンが訊ねてきた。

「気のようなものでしょうか……」

　テンジンが言う。

「気？」

「アンドルッチャンが、かけてきた度脱の呪《まじ》……」

「ほう」

「アンドルッチャンが放ってきた呪が、お師匠さまの気に触れて、そのふたつのものがそこで反応しあって生じたものではありませんか――」

「その通りじゃ。テンジンよ、おまえは限りなく正確に、おまえの見たもののことを言いあてている」

　バグワンは、感心したように小さく首を振り、テンジンを優しい眼で見やった。

　それは、限りない慈愛に満ちた眼差しであったが、同時にまた、深い哀しみにも満ちていた。

「テンジンよ、おお、テンジンよ。おまえは何という子なのだね。おまえの未来の光に満ちた道のことを、わたしは思わずにはいられない。それは、おまえがあやまたずにこの道を歩んだ時の景色じゃ。しかし、もうひとつの道は、深い哀しみに満たされている。おまえは、その道を歩きながら、様々な困難に出会うであろう。その時に、おまえは、どうするのか。ふたつの道の間《はざま》にあって、おまえはその時どう生きるのか。ああ……」

　と、バグワンは、深い溜め息をついた。

　その時、ほんの一瞬眼を閉じ、その眼をもう一度開いて、

「わたしは、考えを変えたよ」

　バグワンは言った。

「考えを……変えた？」

「そうだよ。このことを、わたしは、一生口にしないつもりであった。そのまま、あの世まで持ってゆく――そう決心したはずなのに、何度も心がゆらいだ……」

「――」

「それは、おまえがいたからなのだよ、テンジン――」

「わたしが」

「おまえは、素晴らしい能力を持っている。それが、もしも正しく使われるのなら、それは美しい天の道を開くであろう。多くの人を、幸せへと導くであろう。しかし、もしも、おまえがその能力と力を正しく使わないのなら、人に耐えることのできぬ哀しみに、おまえはおそわれるかもしれない。その時のおまえのことを思えば、わたしは、おまえが不憫《ふびん》でならないのだ。だから、これは話すのをやめるべきことであろうと思っていたのだ……」

「おそろしいお話なのですか？」

「そうだよ」

「あの、外法絵の？」

「そうだよ」

「知りたいです。お師匠さま」

「わたしが、外法絵のことについておまえに教えるのは、おまえを不幸の道へ誘《いざな》うことになるのかもしれない。しかし、おまえには教えておきたくなった……」

「――――」

「このことを誰にも伝えずに死ぬものと覚悟していたのだが、おまえを見て欲が出た。わたしは誰かに――いや、おまえにこのことを告げてから死ぬべきであろうと思うた。そうでなければ、この外法絵のことは、わたしの死と共に、永遠の時の彼方に葬り去られてしまうであろう。それでよいのか。しかし、おまえにならー……」

「――――」

「だが、それを知れば、光に満ちたおまえの将来をひっくり返し、別のものに変えてしまうかもしれない。しかし、それでも――誰かに教えて死ぬ、おまえに語って死ぬ、それこそが、わたしがこの世に生を受けたことの意味なのではないかと思いなおしたのだよ」

「教えて下さい。お師匠さま……」

テンジンは言った。

十四歳ながら、きちんと覚悟を決めた人間の眼差しで、バグワンを見ていた。

5

では、話を始めるとしようか。

少し早めに寺《ゴンパ》を出たのだが、ペマ・ギャルポの家には、ちょっと遅れて着くことになるかな。

しかし、これは、大事な話じゃ。

ひとりでいい、これを誰かに伝えておくということは、それは、天の意思であり、シロブ・トンバのご意志でもあるということなのだろう。

あるいは、おまえは、この話を知るには若すぎるかもしれない。だが、わたしは、おまえが、充分にこの話の重さを荷《にな》うことができる人間であるということを信じている。

このドルマ寺《ゴンパ》の話から始めようか。

今となっては、誰も知らぬことだが、このドルマ寺は、およそ二百年前に、ポンの僧侶タクトラが建てたものじゃ。

そのタクトラこそが、今回、アンドルッチャンが求めている外法絵を見た人間なのじゃ。

場所は、ここよりは東で、ヒマラヤよりは北――耳にしたことはあるかもしれないが、カルサナク寺《ゴンパ》というニンマ派の寺じゃ。

そこで、タクトラは、外法絵を見たのだ。

タクトラは、旅の僧で、そして、狂仏《ニョンパ》であったと言われている。

タクトラは、おまえと同じように、見える人間であった。

聴くことができる人間であった。

見えざるものを見、聴くことができぬものを聴くことができた。

噂によれば、生まれ落ちた時より、尾骶骨が少し長かったらしい。

最初は、むろん、狂仏《ニョンパ》ではなかった。

それが、どうして狂仏となったのか。

カルサナク寺で、そうなったと言われている。

身体のどこかに、鱗があったらしいとも言われている。

生まれた時からそんなであったので、親からは疎んじられた。

それで、ニンマ派の寺に入れられたのだ。

だが、二年とタクトラはその寺にいなかった。

旅に出たのだ。

旅に出て、自分のその他人とは違う能力と、どうつきあってゆくのがよいか、捜そうとしていたのやもしれぬな……

その旅の間、タクトラは、ずっとポンの修行をしていたらしい。

おまえも知っている通り、ニンマ派の中にはポンの考え方が多く入っているでな。それで、タクトラは、ポンに興味を持ったのであろう。

その旅の最初は、カイラス山——カン・リンポチェ巡礼であった。

五体投地をしながら、右回りに二十四周、次に左回りに二十四周。

仏教徒は右回り。

我らポンは、その逆の左回り。

つらい修行じゃ。

その後、吐蕃中を回り、カム地方へもゆき、拉薩《ラサ》のポタラ宮にもゆき、ジョカン寺、セラ寺で修行もした。

この間、ポンと仏教の修行をしながら、絵も描いた。タクトラは、もともと手先が器用でな、子供の頃から絵心があった。その絵の修行の旅でもあったということじゃ。絵仏師として旅をし、あちこちの寺で、絵を描いて金をもらい、生きてきた。

そして、入ったのが、カルサナク寺じゃ。

そこにな、タクトラは、三年いたらしい。

らしいというのは、実際のところがよくわかっておらぬからじゃ。

最初に言うておくべきであったが、これまでわたしが、タクトラについておまえに話したことは、カルサナク寺で、そのように言い伝えられている話でな。タクトラ本人や、その近くにいた者が、書き残したものがあって、そこに記されているわけではないのだ。

タクトラのこと——特に外法絵のことについては、ほとんど、書き残されたものはないのだ。

もしかしたら、わたしの知らぬどこかに、その書き残されたものがあるやもしれぬが、それは、わたしのあずかり知らぬことじゃ。

つまり、今、わたしがおまえにしている話は、いずれも伝聞であり、それも、何人もの人間から少しずつ耳にしたことを、ひとつの話にまとめて話しているだけなのだ。

わたし自身が、カルサナク寺にいる時、耳にしたそれらの話を、どこまで正確に記憶しているか、その自信もない。あるいは、わたし自身が、タクトラについての記憶を、この生きた歳月の間に改竄《かいざん》していることもあろう。

だから、この後、おまえが耳にするかもしれぬタクトラの話と違っていたり、時に矛盾するようなことも、わたしが語る話の中にはあるであろう。

それらを承知の上で、話すのだ。

おまえも、それらを承知の上で聞くがよい。

よいか、ツォギェルよ。

さて、どこまで話をしたかな。

そうじゃ、タクトラが、カルサナク寺に入って、そこに三年いた、というところまでであったな。

そこで、タクトラは、外法絵を見たのだ。

いや、正確に言えば、外法絵そのものではない。

外法絵の略図のようなものと言えばよいか。

よいかね。

ツォギェルよ、よく聞きなさい。

おまえも知っての通り、わが吐蕃は、かつて、おおいにその版図《はんと》を広げたことがある。

千数十年前から、およそ七十年近く、唐の敦煌《とんこう》までを支配していたことがあったのだよ。

結局、その地を追われて多くの民が吐蕃にもどってきたのだが、その中に、ギャッオ・ツェリンという僧侶がいた。

そのギャッオが、吐蕃にもどってきてから開いたのが、カルサナク寺じゃ。

まあ、ざっと、千年余り前のことだがな。

そのカルサナク寺に、ずっと保存されていた一枚の絵があった。

外法絵と呼ばれるものでな。

何故、外法絵と呼ばれるかと言えば、その中に外法印と呼ばれる印契が描かれているからなのだが、その印相がどのようなものであったかは、わかってはおらぬのだ。

何故ならば、その主尊たるハモとも、アイヤッパンとも見える存在の手足が消されていたからでな。その手と指がどのような印契を結んでいたのかわからぬのだ。

で、その絵を、タクトラはカルサナク寺の座主から見せられたというのだな。

なんでも、タクトラは、カルサナク寺の座主にえらく気に入られて、

「この絵を完成させて、我が寺の壁に描いてはもらえまいか」

このように頼まれたというのだな。

その絵、伝わるところによれば、カルサナク寺を開いたギャッオ・ツェリンが、敦煌の莫高窟《ばっこうくつ》を去る時に持ちかえってきたものであるという。

なんでも、そのもととなる絵は、敦煌は莫高窟の、ある窟の壁に描かれていたものであったらしい。

大中二年（八四八）、敦煌の土豪、張議潮《ちょうぎちょう》が起こした乱によって、吐蕃が敦煌を放棄してその地を去らねばならなくなった時、ギャッオ・ツェリンが、その壁画を模写したものであるという。

敦煌を去る際、その元の絵のあった窟は入口を泥で塞《ふさ》がれ、その前にあらたに仏像が置かれ、誰も入ることができぬようにされたということであった。

これは、いずれも、ギャッオ・ツェリンが、生前に語ったことを、残った者たちが語り伝えてきた話ということでな。

で、その模写された絵だが、羊の皮に描かれていたという。

羊の皮に描かれ、そしてまた、それが別の羊の皮にくるまれていたというのだな。

どのような絵であったか。

伝え聞くところによれば、そのハモともアイヤッパンとも見える尊神は、交合していてな、女神《にょしん》を抱きながら、その女神の肉を啖《く》うていたそうじゃ。

尊神が人を啖う仏画や曼陀羅《まんだら》は、むろんあるが、抱いている女神を啖うものなぞない。それだけでも異様であるのに、なんと、その図には、八つのチャクラが描かれていたというのじゃな。

本来は七つ。

通常は、一番上の王冠のチャクラがサハスラーラ――一番下の七番目のチャクラがムーラダーラであるはずなのに、そのさらに下に、八番目のチャクラが描かれていたらしい。

これは、我らが、古来あるかもしれぬと想定していた、アグニチャクラと考えてよいと思うのだが、奇妙なのは、さらにまたそのアグニチャクラの下方に、もうひとつのチャクラが描かれていて、なんと、サハスラーラチャクラのさらに上にも、チャクラが描かれていたらしい。

らしいというのは、絵の表面が削られて、そのチャクラが消されていたからじゃ。そして、奇妙であるのは、その尊神の両腕と、両の足首から先も一緒に消されていたというのだな。

だから、その図の尊神が、アイヤッパンのように、蹲踞《そんきよ》しているらしいというところまではわかるのだが、実際には、足首から先がどのようなかたちになっているかはわからぬのだ。

手も同じじゃ。

全部で六本ある腕の、左右の二本の腕が、途中から消されていて、どのようなかたちをとっているのかわからなくなっている。

噂では、何かの印を結んでいたのではないかと言われているが、それが本当かどうかはわからぬ。

しかし、よほど、それを消し去りたかったのであろうなあ。

では、いったい、誰がその絵から、両手と両足、ふたつのチャクラを消し去ったのか。

それが、なんと、ギャツオ・ツェリン自身であったと言われているのだよ。

本当かのう。

嘘かのう。

本当であれば、模写してまで残したかったはずの絵じゃ。自ら消したくはなかったはずじゃ。それを消したのだから、よほどの理由があったのであろうよ。

莫高窟の、元の絵も、入口を泥で塞いでしまって、誰も入れぬようにしたというから、そのことにも関係しているのかもしれぬがのう。

その鍵は、どうも、その絵の描かれた羊の皮を包んでいた、もう一枚の羊の皮の方にあるらしい。

そちらの方には、このような言葉が、チベット文字で書かれていたというのじゃな。

それならば、わたしは諳《そら》んじているよ。

こうじゃ。

この絵の中《うち》に描かれたるは外法印なり。外法印とは即ち、能《よ》く人を獣に変へるための外法なり。この法によりて、ひとたび獣と化さば、もはや彼をとどむる力はこの地上に無し。

この外法とは、天の甘露を食する法である。あるいは、天の甘露を飲する法である。

この法によりて、人は獣となることを得、かくして、人は、人が人を喰《くら》うことを本性となすことを知るのである。

さらにその獣から、千年に一度、希《まれ》に黄金の人、誕生す。

これ、覚者なり。

これ、不死者なり。

これ、不老者なり。

この法が人の本性より獣を生ぜしむるにせよ、不死をもたらすにせよ、この法はさらに大いなる災禍《わざわい》をもたらすものなれば、心してあつかうべし。

この法の試《なされ》るところ、血流れ、悪徳生まれ、死が支配するであろう。

故に、これ、外法なり。

外道の印なり。

故にこれを抹殺す。

不思議じゃのう。

抹殺すると言うておきながら、実はこの法を、ギャツオ・ツェリンは、この国にもたらしてしまったのじゃからのう。

よほど、この絵のことが気になっていたのであろうなあ。

抹殺というのが、絵の描かれた窟を封じたことを言うのか、自ら描いた絵の印契とチャクラを消したことを言うのか、あるいはその両方であるのかはわからぬがなあ。

で、その外法絵を見たタクトラは、その絵のことが気になってしもうたというわけでな。寝ても覚めても、その絵のことが忘れられぬようになってしまった。

自分には、身体の一部に鱗がある。

体毛も長い。

尾骶骨も突き出ている。

他の人間よりも、臭いや、音に敏感で、時に蝙蝠《コウモリ》の鳴く声まで聞こえる。

おまえと同じじゃ、ツォギェルよ。

自分は獣じゃ――そんなことも、タクトラは考えていたらしいなあ。

これは、みんな、この寺に伝えられていることだよ。

それで、タクトラは、カルサナク寺の座主に頼んだのだ。

「自分を敦煌の莫高窟までゆかせて下さい」

とな。

「封印された外法絵を、ぜひこの眼で見てみたいのです」

座主も、悦んだという。

それを言わせるために、タクトラに絵を見せたということになっているな。

座主も含めて、カルサナク寺の者たちも、そのことが、ずっと気になっていたのじゃな。

細かいところは省こう。

結局、タクトラは、敦煌までゆくことにしたのだ。

その時に、その絵の描かれた羊の皮と、それを包んでいた文字の書かれていた羊の皮とを荷の中に入れたというのだな。

敦煌は、ある時は西夏にとられ、またある時は、フビライ・ハーンにとられ、沙州《さしゅう》などとも呼ばれていた時期もあったが、尊師タクトラが莫高窟に入った時には、清の乾隆《けんりゅう》帝《てい》が支配していた頃で、その名も沙州からもとの敦煌にもどされていた。

以前ほどの賑わいはないものの、数人の道士がいて、僧たちも何人かはいたらしい。

タクトラは、ちゃんと身分は名乗ったらしい。

「自分は、吐蕃の僧であります」

莫高窟で、ありがたい仏たちに参拝させてもらいたい。ついては、あまりに窟の数が多いので、しばらく滞在したいと――

道士たちも、僧たちも、これを許した。

そして、役人たちも。

吐蕃はもともと仏教国であることは知られていたし、タクトラは本物の僧であった。

千年近く前に、吐蕃の人間が敦煌から去った時にも、吐蕃《チベット》僧たちの何人かはこの地に残っていたし、吐蕃人たちの子孫も暮らしていたからだ。

吐蕃から僧がひとりやってきて、この地にとどまったからといって、どうということはなかったのであろうな。

6

莫高窟は、鳴沙山《めいさざん》の東の断崖にうがたれた洞窟の群である。

南北に、およそ一六〇〇メートル。

ここに、六百に余る洞窟が掘られている。

通称、千仏洞《せんぶつどう》。

ひとつずつの窟には、夥《おびただ》しい数の仏像が彫られ、壁には様々な仏画が描かれている。

その全ての絵を、仮に高さ一メートルの壁に描いたとしたら、その延長は四五キロメートルを超える。

一番大きな像は、弥勒仏《みろくぶつ》で、高さが三四・五メートルある。

タクトラが、千仏洞の一窟を間借りするようにして住むようになったこの時期、足場の多くは壊れ、高い場所にある窟の中には、入ることのできぬものもあり、入口が砂に埋もれている窟もあったのである。

タクトラは、毎日一窟ずつ参拝をして、その窟にこもって経を読んだ。

大小様々な窟があり、深い窟には灯りを持って入る。そして、それぞれの窟の仏たちに向かって経を読む。タクトラは、それが嫌ではなかった。

自分でも仏画を描くので、ひとつずつの窟で見る絵や像は、それぞれに手が違い、見飽きるということがなかった。

入ると、まず、最初に像を見、壁の絵を眺め、そして、壁を叩く。

叩いた時の反響で、その後ろ側が空洞かどうかはわかる。

見れば、すぐにそれとわかるかもしれないとの思いもあった。

窟は、入口が狭い通路になっていて、少し先へ進むと、中が広くなっているというかたちのものが多い。

入口から、中へゆくための通路の横の壁に、四角く穴がうがたれていて、本窟よりは少し小さい耳堂《じどう》——脇部屋へ入るための入口になっていることもあった。

ギャッツオ・ツェリンが見たという外法絵は、そういう耳堂に描かれていたのかもしれない。

問題は、今もその入口が泥で塞がれているかどうかということであった。

およそ千年前のことだ。

ことによったら、入口を塞いだはずの泥が崩れて、いつでも入ることができるようになっているかもしれない。

もしもそうなら、ここにいる道士や僧たちに訊ねれば、すぐにわかるであろう。

だが、タクトラは、それを訊ねることはしなかった。

訊ねることによって、

「おまえ、何しに来たのだ」

と、ややこしいことになる可能性もあるからだ。

タクトラは、急がなかった。

タクトラが、千仏洞にやってきて、ふた月ほども過ぎた頃、機会が訪れた。

仲よくなった、寿海《じゅかい》という僧がいて、その僧が、ふらりとタクトラの窟を訪ねてきたのである。

「どうだ、慣れたか」

そう声をかけてきた。

「おかげさまで――」

と、タクトラは礼を言った。

すると、

「吐蕃の話を聞かせてくれぬか」

そんなことを言ってきたのである。

それで、タクトラは、吐蕃の話を幾つか寿海にしてやったのである。

吐蕃なら、あちこち歩いているし、しゃべることなら、幾つもあった。

寿海が興味を持ったのは、鳥葬についてであった。

吐蕃での人を葬るやり方には、鳥葬の他、水葬、土葬、火葬がある。

もっとも一般的なのが鳥葬で、次が水葬である。

土葬は、犯罪者か、疫病で死んだ者を葬る時のやり方だ。

鳥葬にも、やり方がある。

ただ、野山に死体を放置して、鳥に喰わせるわけではない。

死体を解体する専門職の人間がいて、その人間が鳥葬にするのである。

鳥葬は、場所が決まっている。

拉薩《ラサ》の場合は、街からはずれた山の中腹に穴がうがたれた巨大な石がある。

その上で、解体人が、死体をばらばらにするのである。

ばらばらにするにも、順序がある。

まず、頭、両腕、両脚を切り落とし、六つの部位に分ける。

胴は、背から裂いて、皮を剝《む》き、内臓をとり出し、骨と肉を分ける。背骨は、石の上にあけられた穴に差し込んで、テコの原理で折る。

頭部は、頭蓋骨《ずがいこつ》を鉄梃《かなてこ》でこじって、ぱかりと鉢をはずして、脳をとり出す。

その後に、骨を鉈《なた》で叩いて細かくする。

肉も同じだ。

鉈で叩いて、挽き肉状にする。

しかる後に、骨と肉とを混ぜ、団子状のものを作る。

この頃には、空にはカラスやハゲワシが舞っている。

その鳥たちに向かって、

「チョイヤー」

「チョイヤー」

と声をかけると、空からハゲワシが舞い下りてきて、骨の混ざった肉団子を食べるのである。

「どうしてそこまでするのだ」

寿海が訊ねてきた。

顔をしかめている。

「骨を細かくして、肉に混ぜるのは、食べ残しが出ないようにするためだ」

タクトラが教えてやる。

「どうして、食べ残しが出てはいけないのだ」

「食べ残しが出ると、うまくあの世に行けないからな。そうすると、来世は人に生まれかわることができなくなる」

吐蕃の人間は、僧侶でなくとも、多くの民は骨の髄まで仏教徒である。

来世を信じている。

来世に人に生まれねば、仏になることができないのだ。

虫や動物に生まれかわってしまうと、修行ができない。

「修行ができなければ、仏になることができないではないか」

タクトラが言うと、

「なるほど、そういうことか」

寿海が、何やらわかったような顔をする。

こういう話をしながら、タクトラは、まず寿海から仲よくなっていったのである。

「そもそも、鳥葬という言葉が間違っている。吐蕃の言葉を、清の言葉に直訳するなら、天に葬ると書いて、天葬というのが正しい」

こういう言葉も、寿海には新鮮であった。

そのうちに、二人、三人と、タクトラのところへ、話を聞きに来る者が増え、道士や僧など、合わせて五、六人が、タクトラのところへ顔を出すようになった。

敦煌に来るにあたっては、清の言葉を勉強した。

もともと、タクトラは、地方を回っていたので、別の言語に対する慣れが早かった。

さらに言えば、チベット仏教は、インド密教と、七世紀の初めにソンツェン・ガンポ王のところへ唐から嫁いできた文成公主がもたらしたものからできあがっている。

漢字で書かれた仏典に接する機会は少なくない。

さらに、カルサナク寺は、敦煌からもどってきたギャツオ・ツェリンが開いた寺である。

唐語——つまり、中国語をしゃべることのできる僧がいて、その僧からも、タクトラは清の言葉を学んでいる。敦煌に着いた時には、タクトラは、すでに日常的な会話であれば、困らぬくらいには、清の言葉をしゃべることができるようになっていたのである。

何人かが集まった時——

「吐蕃では、ひとりの女性が、男の兄弟ふたりの妻になるということが、珍しくありません」

このように、タクトラは言った。

「それで、喧嘩《けんか》にはならないのか」

「なりません」

たとえば、兄が行商にゆく。

この時は、弟が妻と共に過ごし、兄が帰ってくれば、こんどは弟が行商に出てゆき、兄が妻と過ごす。

「子ができたら、どうする」

「兄か弟、いずれの子であるかということは、詮索しないのです。どちらにしろ、兄、弟、共に平等に、愛情をもって子を育てます」

「何故、そのようなことを？」

寿海に問われて、

「吐蕃では、どの家も貧しいですからね――」

タクトラはそう言った。

男ひとりで、妻と子を養うより、男ふたりで養う方が、家計が助かるのである。

「わたし自身も、家が貧しいので、口べらしのため、幼い頃に、寺へ預けられたのです」

そういう話をした。

三月《みつき》が過ぎる頃には、タクトラは、莫高窟に住む、多くの人間たちと仲よくなっていた。

ある時、皆がいるとき、

「この莫高窟に、妙な絵があると、吐蕃で耳にしたのですが、何か、覚えのある方はおりませんか――」

このように、タクトラは、皆に訊ねた。

「何だね、その妙な絵というのは？」

「曼陀羅のようでもあり、そうでないようでもあり……中央の尊神が、どうやら人を食べているような絵らしいのですが……」

すると――

「さあ……」

「知らんねえ……」

と、皆が口にしているところへ、

「それって、赤図《せきず》のことじゃありませんか」

寿海がそう答えたのである。

赤図？

タクトラがそう問う前に、そこにいた者のひとりが、

「ああ、赤図か」

そう言ってうなずいたのである。

すると、そこにいた者たちのもうひとりが――

「なるほど、赤図か。それはあるかもしれんなあ」

そう言ったのである。

「赤図？」

ここで、ようやく、タクトラは皆に問うたのであった。

「赤図というのは何ですか？」

タクトラは訊ねた。

「赤《せき》という男――というか、爺いだな。それも、えらい年寄りだったって、そう聞いてるよ」

〝それはあるかもしれんなあ〟とさっき口にした男がそう言った。

「赤？」

タクトラが問うと、寿海が顔を向けた。

「千年近く前——吐蕃人が、まだここにいた頃に、赤という老人が、どこかの窟に描いた絵のことだよ」

「どこに、その絵があるんです？」

「さあ……」

「この中で、その絵を見た方はおられるのですか？」

「誰もいないよ。そういう話が伝わっているだけでね。吐蕃人が、ここを出てゆく時、その窟の入口を塞いじまったっていう話だからね。それっきりだよ。本当の話かどうかもわからないからね」

寿海が言うと、そこにいた者たちがうなずいた。

「どんな絵だったと言われてるんですか？」

タクトラが訊ねると、

「さあ、ねえ」

「怖い絵だと言われてるけどねえ」

「いや、美しい絵だったという話もあるな」

「あれは、外法の絵だって——」

そこにいる者たちが、口々に言った。

「その赤という老人について、何か、知っていることはありませんか——」

さらにタクトラが問う。

「知ってるというほどのもんじゃないが、伝わっていることくらいなら、話はできるよ……」

「おれも、少しなら……」

何人かの男たちが言う。

「聞かせて下さい。ぜひ──」

「まあ、聞かせろって言うなら、話してやるけど……」

そうして、何人かの男たちが、タクトラに向かって物語を始めたのだった。

7

その不思議な老爺《ろうや》が、沙州、つまり敦煌の鳴沙山にある莫高窟に姿を現わしたのは、唐の開成五年、西暦で言えば、八四〇年の頃であったという。

日本国においては、承和《じょうわ》七年、平安時代初期、仁明《にんみょう》天皇の時である。在原業平《ありわらのなりひら》、小野《おの》篁《たかむら》、小野小町がいた頃だ。

吐蕃人が、敦煌に手を伸ばしてきたのが、唐の建中二年（七八一）であるから、それから六十年近くが過ぎた頃のことである。

安史の乱が落ちつきかけ、長安に戻ってきた玄宗が亡くなったのが、唐の上元二年

（七六二）のことであるから、八四〇年というのは、その七十八年後ということになる。
日本人との関わりで言えば、吐蕃人が敦煌に入る十年ほど前に遣唐使阿倍仲麻呂が死に、吐蕃人が敦煌を占拠している期間に、空海は入唐したことになる。

仲麻呂が長安にいた頃は、李白や楊貴妃も生きており、日本でも名の知られた白楽天は、空海とは同時代人で、長安で牡丹の詩などを書いていたのである。

吐蕃人が敦煌を自分たちのものにしていた頃、敦煌の人口は、およそ二万人から三万人くらい。そのうち、僧尼の数は、千人くらいはあったと言われている。

この僧尼の仕事で大事なものが、写経であった。後に、チベット大蔵経と呼ばれることになる経典を、書きうつすことである。

件《くだん》の老爺が現われて、八年後に、吐蕃人は、敦煌から撤退してゆくのだが、その頃には、すでに我々が莫高窟と呼んでいるもののあらかたは成立していたと考えていい。

莫高窟には、寺が幾つかあり、僧たちは、その寺や、窟の中に住んでいたのである。

吐蕃人は、敦煌だけでなく、長安から敦煌に至る通路——つまり、河西回廊もまた、自分たちの支配下においていたのである。

その老爺がやってきたのは、まさにそのような時期であった。

莫高窟の前には、大泉河という川が流れている。

名に大はつくが、大きな川ではない。砂漠の中の河ではあるが、周囲には緑があり、川岸には柳が生えている。

白い綿毛のような柳の種、柳絮《りゅうじょ》が飛んでいたというから、春の頃であった。

その柳絮の中に、その老爺は立っていたという。

最初に、その老爺を見つけたのは、ギャッオ・ツェリンという僧であった。

ギャッオが見た時、その老爺は、大きな柳の樹の下に、ただ立っていたという。

周囲には、ふわり、ふわり柳絮が飛び、陽光に光っていた。

白い、ぼろぼろの道服のようなものを纏《まと》っていたが、それは、服というよりは、もう、ただの襤褸《ぼろ》きれのようであったという。

その服を、帯のかわりに縄で縛っている。

素足だ。

手足は、枯れ枝のように白く、頰はこけて、白い髭《ひげ》が顔の下半分を覆っていた。

髪も白く、伸び放題。

顔は、皺《しわ》に埋もれていて、どれが皺だか眼だかわからない。いったい、どれだけの齢が、その肉体に刻まれているのか。

肉体が、これほどになるまで、人は歳を重ねることができるのか。

百歳は、むろん超えていよう。

見た目だけで言うのなら、千歳であっても不思議はない。しかし、そこまで、人は生きることができるのか。

けれど、生きることができると考えねば、その姿を説明できない。

ギャツオには、その老爺が、柳の精のように見えたという。
笑っているのか？
ギャツオは、最初、そう思った。
皺のかたちが、その老爺を笑っているように見せているだけなのか。
口は、かろうじてわかる。
わずかに開いていたからだ。
黄色い歯も見えている。
その口も、笑っているように見えた。
老爺は、笑いながら、きらきら光る柳の緑——その色を寿《ことほ》いでいるようにも見えた。
一歩、二歩と近づいてゆくと、次にはその同じ表情が、泣いているように思えた。
笑っているような、泣いているような、どちらとも見える顔だ。
不思議だった。
通常に考えれば、物乞いである。
物乞いをして、生きている老爺——
しかし、妙にその姿が威厳に満ちているようでもある。
近づいて、
「どなたかね」
ギャツオは問うた。

老爺は、答えない。

「どちらから来なさった」

しかし、この問いにも、老爺は答えなかった。

耳が遠いのかと思い、

「どなたかね」

ゆっくりと、大きな声で問うた。

すると、その唇が動いた。

「し、しゅんれい……」

そう聞こえた。

次に、また唇が動き、

「りん……りんれい……」

そう言った。

「しゅんれい……」

「りんれい……」

人の名のようであった。

しかし、そうであっても、それは女の名だ。

「しゅんれい、りんれい、それがあんたの名かね？」

そう問うと、

「せ、赤《せき》……」

老爺は言った。

「なに⁉」

「赤……」

老爺が言う。

枯れ木の洞《うろ》を吹き抜ける風が、微かに音をたてるような、そんな声であった。

「赤というのかね。赤というのが、あんたの名かね？」

「赤……」

と、老爺は、また口にした。

それで、その老爺は、赤と呼ばれるようになったのである。

ギャツオは、妙にこの老爺、赤のことが気になった。

放っておいてもよいのだが、自分の僧房へ呼んで、粥《かゆ》を与えた。

わずかな菜が入っただけの粥であったが、赤は、それをさくさくと余さずに食べた。

食し終えたからといって、これで帰れと言うわけにもゆかず、川へ連れてゆき、身体を洗わせ、髪を整えてやり、一晩泊めてやったのである。

赤は、従順で、おとなしく、言われたことには、素直に従った。

一晩泊めたら、なおさら、出てゆけと言いづらくなり、結局、赤は、莫高窟に居つくことになってしまったのである。

言われれば、薪を運んだり、家畜の糞を拾ったり、日常の雑用はこなすことができた。無駄なことは、あまりしゃべらぬため、居て邪魔にならぬという以上に、居ればそれなりに重宝する——見かけの年齢より、ずっと体力はありそうであった。

どこの生まれか、身内はいるのかという問いには答えない。

「歳は幾つか？」

そう問われても、

「わからぬ……」

そう答える。

結局、空いている窟を与えられ、赤はそこで暮らすようになった。

掘りかけで、そのままになった窟で、あまり広くない。

入口を入った左手に、甬道《ようどう》があって、その奥が、やや広めの耳堂になっている。

そこで、赤は暮らした。

寺男のようなものだ。

赤は、絵に興味があるのか、よく、窟の壁に絵仏師が絵を描く現場にやってくる。

来れば、半日でも、一日でも、絵や、絵仏師の手もとを見つめている。

時おり、灯り皿に油がなくなると、言わなくともそこへ油を赤が足してゆく。

描いている方は、自然に手が進む。

そこにみごとな菩薩の姿が現われると、

「おお……」

感動したような声をあげる。

いやな感じではない。

この、心が、半分別の世界にあるような老爺の心に、自分の描いた絵が何かしらの感動を与え、心を動かしたとあれば、描いている者も嬉しい。

窟の中は、昏《くら》い。

松明《たいまつ》や、油の灯りの中で描く。

ほの昏い灯りの中で、かたちが描かれ、その内側が、様々な色で埋められていく。

ある時——

まだ、絵が描きかけの窟があり、ふらりとそこへやってきた赤に、絵を描いていた僧が、筆を持たせたことがあった。

おもしろ半分に、

「やってみるか?」

絵仏師の僧が、そう問うたらば、赤がうなずくので、

「ここを、この顔料で青く塗ればよい」

筆を持たせたら、器用に飛天の衣を青く塗った。

どこかで、絵の修行をしたことがあるのか、筆づかいがたくみであった。

それで、窟の絵を、一年目にはもう、赤は手伝うようになっていた。

ギャツオも絵仏師であり、ギャツオの仕事を手伝うことが多い。

ある窟で、ギャツオが釈迦如来の絵を描いている時、

「これは、誰だ」

赤が訊ねてきた。

「釈迦如来じゃ」

ギャツオが答える。

「釈迦如来……」

「仏の教えを、最初にこの世にお広めになられたお方ぞ……」

「ふうん……」

「若き頃は、王の子でな。名を、ゴータマ・シッダールタという」

ギャツオが言った時、

「シッダールタなら、その昔、会うたことがある……」

ぼそりと、赤がつぶやいた。

信じられない言葉であったが、妙に、赤の言葉には、嘘らしさがない。

しかし、どんなに赤が歳をとっているように見えても、それはあり得ない。

仏陀ゴータマは、千数百年も前に、天竺《てんじく》に生きていた人間だからである。

「一緒に、マータヴァのところで修行した……」

ギャツオの知らぬ、マータヴァという名を口にした。

ギャッツオが問うと、急に、赤は無言になった。

「おい、どうしたのだね」

ギャッツオが問う。

赤は、答えない。

その身体が、細かく震えている。

「マータヴァ……」

赤の唇が動いた。

「しゅんれい……」

「りんれい……」

はじめて会った時、赤がつぶやいていた女の名を、また、同じ唇がつぶやいている。

その呼吸が、荒くなっている。

「赤、どうした!?」

ギャッツオが声をかける。

すぐに、赤の呼吸はもとにもどった。

それで、赤は、またギャッツオの知っている赤にもどっていた。

しかし、ギャッツオの呼吸がもとにもどるには、しばらくかかった。

その時、ギャッツオは、恐怖していたのである。

その時、もの静かな赤の肉の中に、まったく別の何かが生じたように思えたからであった。
それが、赤の中で膨らみ、膨張して、赤の肉を喰い破って、身体の中から出てきそう
な気がしたからである。
急に、これまでとは違う別なものに、赤が変貌しようとしていたかのようであった。
だが、それは去り、今は静かな赤がギャッオの前に立っていた。
それから、また、もとのような日々が続くようになったのだが、以来、赤については、
ふたつほど変化したものがあった。
ひとつは、絵を、手伝う時間が半減したことであった。それで、自分の窟にこもるよ
うになったのである。
もうひとつは、それまで、おだやかであった赤の眸《ぬ》の奥に、一点、火のような灯りが
点るようになったことだ。
赤について、変わったことと言えば、それだけだ。
ただ、ひとつ——
赤に関係があるのかないのかはわからないが、その後、絵を描くための絵の具——顔
彩の減りが速くなった。
青を描くラピスラズリなどの原料や、赤のベンガラ、そういうものが、これまでより
も減る速度が速いのだ。

それでも、おだやかな日々は、なんとか続いていたのである。

そういう日々が完全に失われたのは、吐蕃人が、敦煌を出てゆく、一年ほど前のことであった。

春——

赤が、はじめて現われたのと同じ、柳絮《りゅうじょ》の飛ぶ季節であった。

治安は、だんだんと悪化していた。

きっかけは、吐蕃の王、ランダルマの死である。

ランダルマ王が、唐・武宗の会昌《かいしょう》二年（八四二）、宰相によって殺されてしまったのである。

ランダルマ王は、反仏教主義者であった。

さらに、前国王で兄であるティック・デツェン王にかわって、ランダルマが王になった時、自身が王になるため、兄王を暗殺したのではないかという噂もあった。

そのランダルマ王が死んだのである。

その裏で動いたのは、王の妃の兄である宰相チムの一族であったとも言われた。

こうして、ソンツェン・ガンポ王以来、二百年続いた吐蕃王国は、南北の王朝に分裂してしまったのである。

そうして、河西回廊支配も弱まり、唐の宣宗の大中二年（八四八）、敦煌の土豪であった張議潮が漢人たちを率いて反乱を起こし、吐蕃人たちを、追い出してしまったのだ。

その兆候は、前からあった。

吐蕃人に征服されたとはいえ、河西回廊や敦煌から、漢人がいなくなったわけではない。

一般の庶民は、そのままその地に残っていたし、吐蕃軍の捕虜となって、この地に残っていた漢人——唐軍の兵士たちもいたのである。

詩が残っている。

青海《チンハイ》にて疾《やまい》に臥《ふ》すの作　　佚名《いつめい》

数日　穹廬《きゅうろ》にて疾に臥せし時
百方も投薬すれども力将《まさ》に微《かす》かならんとす
驚魂は漫漫として山際に迷い
怯魄《きょうはく》は悠悠として海涯に傍《よ》る
旋《たちま》ち知る命の浮雲と合するを
嘆くべし身の朝露と同《とも》に晞《かわ》くを
男児此《ここ》に到らば須《すべか》らく分に甘んずべきなるを

何ぞ仮《しばら》く含啼《がんてい》しつつ枕上に悲しむや

吐蕃人に捕虜になった兵士の詩だ。

青海の天幕の中で、病に臥している。

薬を飲んだが、効きそうにない。

含啼というのは、哭《こく》すことだ。

悲しくて哭《な》いているだけだと「佚名」氏は詩《うた》うのである。

このように、吐蕃人支配に不満を持っている兵たちは、その兵士の数だけいたといっていい。

そういう者たちが、吐蕃の力が弱まった時、盗賊と化して、金のありそうなところを、襲うようになっていたのである。

古来、中国という大きな大陸で、政変が起きる時は、かならずこういうことが起こる。

秦が滅びた時もそうだ。

たくさんの流民が生まれ、盗賊になり、その小さな集団がだんだんと大きくなり、互いに潰し合い、ふくれあがって、一番大きな集団を率いていた者が、次の皇帝となる。

漢という国も、そうしてこの世に誕生したのである。

そういうことが、あちこちで起こりはじめたのである。

敦煌の街では、すでにそういうことが起こっていた。
それでもまだ、莫高窟にまでは、飛び火してはこなかった。
その飛び火が、やってきたのである。
吐蕃人が、敦煌を去る一年前。
ある夜——
大泉河のほとりにある僧房が襲われたのだ。
賊の人数は、五十人ほどだ。
漢人のもと兵士を頭に、食いっぱぐれた人間たちが寄り集まった集団であった。
その晩——
ギャツオは、騒がしい馬の蹄《ひづめ》の音と、人の叫び声で眼を覚ました。
寝台から身を起こし、立ちあがった。
夜であるはずなのに、真っ暗闇ではなかった。
窓の透き間から、明かりが差し込んでいたからである。
「金目のものは、何でも持ってゆけ」
そう叫ぶ声が聞こえた。
高い悲鳴。
外へ出た。
隣りの僧房が、燃えていた。

見れば、向こうにある寺からも、炎があがっているようである。

自分の寝ていた僧房も、火が点いていた。

見ている間にも、その炎がどんどん大きくなってゆく。

馬が、走っている。

縄を掛けられ、引きずられているのは、顔見知りの、莫高窟に常駐している役人であった。

死体ではない。

役人は、まだ生きていて、引きずられながら、叫び声をあげている。

走り回る、剣を持った者たち。

僧房の中から、金の仏具を持ち出してきた者たちもいる。

逃げまどう僧たちの姿が見える。

抵抗しようとした僧が、刺し殺された。

倒れてからも、二度、三度、その身体に剣を刺してゆく。

抵抗しない者も、殺されている。

殺戮《さつりく》だ。

どういうつもりで、賊たちがやってきたのか。

略奪が目的か。

吐蕃人を殺すことが目的なのか。

最初が、どういうものであったにしろ、今は略奪よりも、殺戮の方に夢中になっている者が多い。

この中に、頭がいたとして、その頭のひと言で、この殺戮が収まるとは思えなかった。

何かの狂気のようなものが、賊の集団を支配していた。

いったんそうなってしまったら、もはや止められるものではない。

何が起こったかは、ギャツオも理解していた。

敦煌の街で起こっていたことが、この莫高窟にまでやってきたのだ。

しかも、役人や、兵の数が少ない分、賊たちもやり放題である。

何かを盗られぬようにする時間はない。

できるのは、自分の身を守ることだけだ。

僧房から離れて、窟の方へ逃げるか、川原へ降りるか。

そうすれば、夜の闇だ。

なかなか見つからない。

見つかっても、逃げられる。

川は、すぐ近くだ。

川に向かって、走りかけたその時――

「いたぞ」

賊のひとりに見つかった。

その賊は、倒れた僧の背に、剣を突き立てたまま、ギャッオを見た。

ギャッオは、川に向かって、素足のまま走り出した。

後ろは振り返らない。

と――

何かにつまずいて、大きく転がっていた。

仲間の、絵仏師の死体だった。

起きあがろうとした時、もう、間に合わない距離にまで、その賊が迫っているのがわかった。

それでも、這いながら、起きあがる。

その背へ、剣先が潜り込んでくるかと思われた。

しかし、剣は、潜り込んではこなかった。

走り出す前に、後ろを振り返った。

賊が、足を止めていたのである。

賊と、自分の前に、ひとりの男が立っていた。

その背と、白髪が見えた。

「赤……」

ギャッオは、その男の名をつぶやいていた。

赤が、どうしてそこに現われたのか、ギャッオにはわからなかった。

自分を救うために、そこに立ったのか。

あるいは、偶然にそういうことになってしまったのか。

おそらくは、後者であろう。

何故ならば、赤は、ただそこに立っているだけだったからだ。

賊に対して、闘おうとしているわけでもなく、制止しようとしているわけでもない。

ただ、そこに立って、どこだかわからぬ方へ、視線を向けている。

賊を見てさえいないようであった。

赤が、僧衣を着て、叫び、逃げまどっていたら、賊は、いきなり斬りつけていたかもしれない。しかし、赤は、肩を落とし、背を丸め、ぼんやりとそこに立っているだけだ。

しかも、月明かりと炎の灯りで、おそろしく高齢の老人とわかる。

「どけ」

賊は、剣を振った。

その剣には、さっき賊が突き殺したばかりの僧の血がたっぷりとからみついていた。

振られた勢いで、剣にからみついていた血が離れて飛んだ。

その血が、べしゃり、と赤の顔に当たった。

右眼と、その上に垂れていた白い髪に、血が付着した。

「あ……!?」

ここで、はじめて、赤が声をあげた。

黄色い眼が、ぎろりと動いて、賊を見た。

それを、ギャツオは、逃げるのも忘れて、見ていたのである。

賊が、剣を持ちあげる。

賊が、赤に攻撃を加えようとしたのだとわかる。

「逃げろ、赤」

ギャツオが、赤の手を摑んで引こうとした時、

「くわぁらっ」

賊が、剣を振り下ろしてきた。

斬られた⁉

はっきりと、音が聞こえた。

金属の刃が、肉を断ち、骨を削って、赤の肉の中に潜り込んでゆく音だ。

が、赤は、声をあげなかった。

刃は、赤の左肩から斜めに入り込み、鎖骨を断ち、あばら骨を二本断ち割って、そこで止まっていた。

賊が、剣を引き抜こうとする。

抜けなかった。

「ぬ⁉」

もう一度抜こうとする。

抜けなかった。

痩せた赤の骨と肉が、体内に入り込んできた異物、剣の刃先を、がっちりと握り込んで離さない。

ギャッオには、そう見えた。

「どうした⁉」

「何だ⁉」

賊の仲間がふたり、集まってきた。

「糞」

力を込めて、その刀を抜こうとした。

抜けない。

そこで、がくん、と、赤が身体をのけぞらせた。

賊の手から、剣が離れ、赤がのけぞった分、柄頭《つかがしら》が月の天に向いた。

と——

音が聴こえていた。

めりめりめり………

みちみちみち………

という音。

肉が、破ける音だ。

肉が、破け、ちぎれる音。

赤の肉だ。

すでに、赤の身につけていたものは、ちぎれ、襟ははだけ、左胸が半分以上露出している。

そこに、剣が潜り込んでいる。

音は、ちょうど、剣が潜り込んだその場所から聴こえているのである。

じわり、
じわり、
と、剣が、持ちあがってゆく。

抜けてゆくのではない、持ちあがってゆくのである。

何故なら、剣が潜り込んでいる箇所、そこの肉そのものが盛りあがってくるからであった。

その、盛りあがってくる肉が、青黒くなってゆく。

その表面に、ふつふつと、黒い点が生じ、それが伸びてくる。

毛。

体毛だ。

それが、さらに伸びてくる。

すでに、それは、人の毛ではなくなっている。

獣毛であった。

獣の毛が伸びてくるのである。

音が、聴こえていた。

がちがちという音。

硬いものが、硬い金属にぶつかる音。

歯であった。

獣の歯、牙が、剣の先をがちがちと噛んでいるのである。

赤の胸から盛りあがってきたのは、獣の顎《あぎと》であった。

黒い獣毛に覆われた獣の顎が、赤の胸から這い出てくるのである。その獣の顎が、剣の先を咥《くわ》えているのである。

噛むたびに、その顎の内側の肉を、あるいは舌を、刃が傷つけているのであろう。

口の両端から、血の泡がふくらんでくる。

「あひいるっ！」

叫び声があがった。

澄んだ、高い声。

青い刃物が、いきなり魂の中心に斬りつけてくるような声。

のけぞって、天の月を睨んでいる赤の口から洩れた声であった。

あひいるっ！

あひいるっ!!
あひいるっ!!!
たまらない声であった。
ギャッオは、その声に、魂を揺さぶられていた。
その声が、一瞬にして、ギャッオの魂を虜《とりこ》にしていた。
その声を、美しいと思った。
自分の血が、透きとおってゆくのがわかった。
叫べ。
りんれいであったか――
しゅんれいであったか――
どういう関係かわからないが、その女たちの名を呼んでいるのだと思った。
間違いない。
今、赤は、過去を叫んでいるのだ。
ああ、いたのだ。
ギャッオはそう思った。
その女たちは。
マータヴァという知らぬ名の人間も――

本当なのだ。

その昔、ゴータマ・シッダールタという仏教の開祖と一緒に修行したというのも。

みんな本当だったのだ。

言葉ではない。

言語ではない。

しかし、どんな言葉よりも、どんな言語よりもはっきりと、赤が、今、叫んでいるではないか。

これが嘘であるものか。

この漢《おとこ》は、赤は、千年生きたのだ。


あ〰〰〰る

赤が、月の天に向かってひしりあげる。

なんと美しい……

なんと哀しい……

ギャツオの眼から、涙が溢れ出していた。

いったい、どれほどの哀しみの中に、この漢は埋もれていたのか。

その哀しみの中から、獣が咆《ほ》える。
叫んでいる。
死んでもいい。
そう思った。
赤に、この獣に殺されてもいい。
いや、殺されたい。
今。
この獣に喰われてもいい。
喰われたい。
喰われて、その赤の哀しみと同化したい。
そうか――
そうか――
ギャツオはうなずいている。
赤よ。
ああ、赤よ。
千年生きようと、人は、その哀しみから逃れられないのか。
その哀しみから、千年逃げ続け、まだ逃げ続けてゆくのだな。
人とは、そういうものなのだな。

千年、万年——いや、この宇宙と同じだけ生きようとも、その哀しみは続くのだな。
赤よ、わかったぞ。
今、わかった。

る〜〜〜〜〜〜〜〜〜〜〜〜〜〜〜〜〜〜〜〜

い〜〜〜いいいいいいい〜〜〜〜〜〜〜〜〜〜〜〜

その声が、きらきらと光るガラスの蛇のように、月光の中を天に昇ってゆく。
赤よ。
赤よ。
おれを殺せ。
おれをここで啖《くら》え。
ギャツオは、そこに膝をつき、赤に向かって両手を広げた。
と——
ふいに、赤のその声が止《や》んだ。
不気味な静けさの中で、賊たちも、ギャツオも動けない。
遠くから、人の叫び声や、悲鳴が聞こえてくる。
炎の燃え盛る音も聞こえているが、それは、どこか遠くの世界のできごとのように微かだ。
その静寂の中に、
ごつり、
という音がした。
ごつん、
ごつん、
赤の背骨が曲がってゆく。
赤の背骨が、歪んでゆく。
ぞわり、
ぞわり、
と、赤の身体に獣毛が生えてくる。
ごつり、
と、背骨が曲がる。
ぞろり、
と、ふいに、体毛が音をたてて一気に伸びる。
天を見あげていた赤の顔が、正面を見ていた。
しかし、それはもう、もとの赤の顔ではなかった。
顎が、前に突き出している。

そこから、赤い舌が垂れ下がっている。
背骨が曲がって前かがみになっている。
ぎ……
という声が、赤の唇から洩れた。
ぎぎ……
ぎるぎるるる………
赤の双眸《そうぼう》が、青く光った。
胸から生え出た顎《あぎと》が、咥えていた剣を吐き出した。
ごとり、
と、剣が地に落ちる。
そこまでが、三人の賊の、限界だった。
「ひいいっ」
最初の賊は、叫んで逃げ出した。
後からやってきたふたりの賊は、
「化物！」
「へいやあっ！」
剣で斬りかかった。

どさりと、剣を握っていた賊の腕が落ちた。

赤が何かをしたのだが、いったい何をしたからそうなったのか、ギャッオはそれを眼では捉えられなかった。

もうひとりは、首が落ちて転がった。

これもまた、赤が何かをしたためだろうが、やはり、ギャッオには赤のどういう行為が、その賊の首を落とすことになったのか、わかっていない。

首が地に落ちた時には、赤はもう、ぞっとするような疾《はや》さで、逃げてゆく賊に襲いかかっていたからである。

その賊は、三歩は走ったろう。

もしかしたら、四歩ぐらいは走ったかもしれない。

しかし、五歩は走っていない。

背後から、赤に抱きしめられていたからである。

「あがががが」

賊が、声をあげた。

賊が、赤の腕の中で悶《もだ》えている。

両腕を伸ばし、指を曲げ、前の空間を掻《か》き毟《むし》る。

両足で、地を踏む。

地を踏んでいたその両足が、宙に浮く。

「おぞぞぞっ」
凄い声だった。
赤は、何もしていない。
ただ、背後から、賊を抱きしめているだけだ。
それなのに、何故、あのような声で叫び続けるのか。
よほど、強い力で抱きしめられているのであろうか。
しかし、それなら、あのような声などあげられないはずだ。
まるで、草食獣が、背後から肉食獣に喰われているような。
その時——
がつん、
という音がした。
その瞬間、
「ごえっ!!」
賊がのけぞる。
がつん、
ごつん、
音がする。
骨だ。

賊の背骨が、音をたてているのである。

背中だ。

背中を今、賊は喰われているのだと思った。

背の肉を嚙み、裂き、そして今、獣の牙が背骨を嚙み砕き、貪っているのである。

今、賊は、背中から赤に喰われているのだ。

それで、声をあげ、あのように悶えているのである。

しかし、赤の顔は、今、背後から賊の左肩の上に顎をのせているだけだ。

いったい、どうやって赤は賊を食べているのか。

賊が、天に向かって血を吐いた。

その血が、赤の顔にかかる。

その瞬間、赤の顔が、泡立った。

しゅうしゅうと音がする。

赤の顔についた血の紅《あか》が少なくなってゆく。

赤が、赤の顔が、賊の血を吸収しているのである。顔にかかった賊の血を獣毛の生えた皮膚が食べているのである。

賊が、声を発しなくなった。

両腕が、だらりと下がっている。

赤が、抱えていた賊を放した。

賊の身体が、前に倒れてゆく。

うつぶせに倒れた。

着ていた衣《きぬ》が破け、背がむき出しになっていた。

その背に、大きな穴が空いていた。

赤が喰った肉の穴だ。

その穴の中に、背骨がなかった。

穴の上方に、背骨の一部が見えている。

穴の下部に、背骨の一部らしきものが、見えている。

内臓が、無かった。

賊は、背中から、心臓、肝臓、腎臓、胃、腸、ほとんどの臓器を喰われていたのである。

そして、あらわになった赤の腹から、無数の顎が生えているのが見えた。

ひとつ、ふたつ、みっつ――

そこまで数えて、ギャツオは数えるのをやめた。

赤の腹から生えた顎は、ぐねぐねと動きながら、
ぐちゅ、
　ぐちゅる、
　ぐちゅるるるる、

さかんに声をあげている。

この間にも、赤の姿は変化していた。

背に、翼が生えはじめたのである。

肩甲骨のあたりから、もりもりと肉が盛りあがり、それが、かろうじて身体に引っかかっていた衣を地に落としていた。

全裸になった。

しかし、その姿は、もはや、人と呼べるものではなかった。

尻からは、尾が生えていた。

蜥蜴のような尾で、尻から腹へかけて、鱗がぎらぎらと光っていた。

そして、獣毛に覆われた背に、瘤《こぶ》のように盛りあがった肉が割れ、その中から羽化する蝶のように、翼が生えてきたのである。

美しい、翅脈《しみゃく》の入った、緑色の、半透明な羽のような翼だ。

ばさり、と、その翼が振られた。

赤の身体が浮きあがる。

赤の身体が、月光の中を昇ってゆく。

あひいる！

あひいる！

そして――

急降下した。
急降下して、地上に群れる人間たちを襲いはじめたのであった。

転章

1

朝になって、赤の姿は消えていた。

寺院の半分以上が、燃えてしまっていた。

地上には無数の屍体《したい》が転がっていた。

屍体の半分は賊に殺された僧のものであったが、残りの半分は、賊のものであった。

賊の身体は、そのほとんどが喰われていた。

喰われた痕のある屍体には、僧のものもあった。

だから、赤は、僧を助けるために、賊に闘いを挑んだわけではないらしいと、ギャッオにはわかった。

場合によったら、あの時、自分は、赤に喰われていたかもしれないのだ。

しかし——

喰われたのなら、それはそれでよかったのだ。

あの時、本当に自分は、あの獣に喰われたいと思ったのだ。

あの時の、しびれるような恍惚《こうこつ》の思い。

朝の光の中に立ってみると、それは、もう、もどってはこない思いではあるのだが、
あの時、自分は、これまでの生涯のどの時よりも心を揺さぶられ、今ならば死んでもよいと思った。そのことならばよくわかっていた。

もうひとつ。

これは願望だ。

少なくとも、あの時、自分と賊との間に赤が現われたのは、偶然ではなく、自分を救うためであったのだと思いたい。

いや、きっとそうだ。

あの、獣になる前の赤は、自分を救いに来たのだ。

そうだとすれば、自分自身が獣に変じてしまうのを承知で、赤は、賊の前に立ったのであろう。

ギャツオは、そう信じた。

そして――

消え去った赤は、二度ともどってはこなかった。

二度と――

2

ギャッオが、赤の住んでいた窟に入ったのは、事件があってから、二日後であった。

狭い窟だ。

寝台があり、毛布と、わずかな食器が残されていた。

その窟には、短い支道があって、もうひとつ別の窟に入ってゆけるようになっていた。

灯りを点けた松明を持って、ギャッオは、ひとりで、その窟に入っていった。

そして、その松明の灯りに浮かびあがったものを見て、ギャッオは腰が抜けた。

そのまま、そこにへたり込んでしまった。

四方の壁一面に、絵が描かれていたのである。

とてつもない色彩の洪水であった。

中央に、尊神とおぼしきものがいた。

腕が、何本もある。

左右、一本ずつの腕は、それぞれ人間を掴み、その尊神は、その人間を食べていたのである。

別の一本ずつの腕は、胸の中央で手を合わせていた。

そして、頭の上に持ちあげられた左右の手は、そこで合掌している。

そして、その尊神は、尻の下で、蹲踞《そんきょ》していた。

左右の顔が違う。

一方は、悪鬼の如き顔だ。

一方は、仏の慈悲の顔だ。

そして、その尊神は、人を啖《くら》いながら、哭《な》いていた。

血の涙であった。

口から、血に濡れた牙が生えていた。

その牙が、唇を、頬肉を突き破っている。

額からは、無数の角が、皮膚を破って突き出ている。

そして――

尊神の中心線に沿って、丸く円が描かれていた。

チベット仏教の徒であるギャッオには、それが、輪《チヤクラ》であるとわかる。

しかし、だいたい、七つあると言われているはずの輪《チヤクラ》が、ひとつ、ふたつ、みっつ――

――。全部で、十の輪《チヤクラ》が描かれていた。

下方の根の輪《チヤクラ》ムーラダーラの下、ちょうど尾骶骨のあたりに、八番目の輪《チヤクラ》が描かれていて、そのさらに下、尾骶骨の下にも、輪《チヤクラ》が描かれていた。

その輪《チヤクラ》は、蹲踞した両足の裏が合わさった、その合わせ目に、丸く描かれていたのである。

そして、頭頂にある王冠のチャクラ、サハスラーラ輪《チヤクラ》のさらに上に、第十番目の輪《チヤクラ》が描かれていたのである。それは、頭の上で合わされた左右の手の間に、描かれているのである。

「これは……」

赤は、これを、描いていたのか、とギャッオは思った。

消えてなくなっていた絵の具は、赤が、この絵を描くために使っていたのか。

どのような仏画の約束事からも別の描き方——

これは、ゴータマ・シッダールタか!?

それとも、マータヴァなのか。

それとも……

それとも……

わからなかった。

そして、周囲の壁には、夥《おびただ》しい数の、人とも化物ともつかぬものたちが描かれている。

その化物たちが、互いに、互いの肉を喰らいあっているのである。

この絵が叫んでいた。

これこそが、人であると。

人の本性は、これであると。

それが、あの、変形《へんぎょう》した赤を見たギャッオにはわかる。

人の裡《うち》には、あのような獣がひそんでいるのだ。全ての人の中には、あの獣がいる。この獣がいる。

この図には、人を、あの獣に変えるための法が描かれているのだと、ギャッオは直感した。

そして、それは正しかった。

しかし、ギャッオは、その時まだ気づいていなかった。

その絵の中に、ただひとつだけ、花の絵が描かれていることを。

その月と同じ名を持った花は、ソーマといった。

『キマイラ23　魔宮変』へつづく

あとがき　――春雷そして俳句――

春雷が鳴っている。
夕刻が近い。
窓の外は雨だ。
海の色と空の色の区別がつかない。
灰色の濡れた風景の中に、街の灯りが点々――
空に、鋭く光が走り、続いて雷鳴が轟《とどろ》いてくるのである。
何か新しいものが、天から届けられるような。
そのための新しい物語を、今、天の中で何ものかが作っているような。
新しいものが始まってゆく予感。
春雷には、そういう、心をざわつかせる作用があるらしい。
歳を重ねはしたが、この感覚は子供の頃から不思議と同じである。
六十八歳となった。
不可思議きわまりない。
そして、これは、六十八歳になってから初めて書く本の〝あとがき〟である。

これまで全ての本に、ぼくは〝あとがき〟をつけてきた。

〝あとがき〟を、ぼくは、いつも近況報告のようなつもりで書いている。

その時、何をしていたか、どんなことを考えていたか、どこで書いているか。

その時その時いる場所の風のようなものを書き、その風の中に、そのおりそのおりの自分の考えていることや思っていることを乗せて放つようなつもりで〝あとがき〟を書いてきた。

ぼくは、日記をつける習慣がないので、あとになって、日記として機能するようなことになればいいかなという思いもある。

ちょっと、俳句のことを書いておこう。

この十年ほど、ぽつぽつと俳句のようなものを作ってきた。

ようなもの、というのは、ぼくがまだ俳句のことをよくわかっていないからであり、自分が作っているものが俳句かどうかという自信もないからである。

何しろ、始めた当初は、〝季語〟が邪魔だったのだ。

五七五のうちの、だいじな何文字かを季語に使ってしまうのはもったいないじゃないか。

しかし――

そうじゃなかった。

季語は、俳句にとって、大事な武器で、なんてすてきなシステムなんだと思ったのが五年目くらい。

昨年あたりからは、俳句の本体は、実は季語なのではないかと思うようになり、この頃は、季語というのは、日本の古い神々の住まいたもう御社《みやしろ》なのではないかと思うようになった。

季語のひとつずつには、我々日本人の意識の古層にひそんでいる、縄文の神々が棲《す》んでおられるのであると。

たとえば「山笑う」は、もろに縄文だが、そうでない普通の季語、「青嵐」にも「ころもがえ」にもこの神は棲んでいる。だからこそ、その言葉は季語として作用するのである。「季語」というのは、そういう信仰で成立しているのだ。

最初は、俳句で、ファンタジーをやろうと思ったのだ。

今やっている伝奇小説や、たとえば『陰陽師』などを、五七五でやってみようと。

それで、俳句を作り始めたのである。

今は、もっとシンプルに、俳句を、

「世界で一番短い定型の小説」

として、作ってみたいと思っているのである。

ま、季語ありの超短五七五のショートショートですね。

それがうまくいっているんだか、いないんだか、よくわからないのだが、これだけでは何もわからないと思うので、現在それがどんなものになっているのかというと、たとえばこんなかんじである。

湯豆腐を虚数のような顔で食う
頭まで埋めた坊主の首水仙
月を食む蝮真白き女となりぬ
沈むなら五月の森の難破船
青き鱗のどこまでが哀しみぞ蛇眠る
秋の指青き乳房の贄となる
酒尽きて月と寝ている李白かな

ま、こんなぐあいのものなのだが、これが何であるかというのが、実は本人もよくわかっていないのだ。

九星鳴《いちじくせいめい》のペンネームで掌編を書いているうちに、こんなところまで来てしまったよ、ということだ。

これが、現時点でのぼくの近況である。

『キマイラ』は、今、これまで三十七年勢いにまかせて張りめぐらしてきた伏線を、覚悟を決めて回収している最中である。

この作業はたいへんだが、おもしろくてたまらない。

書き出した当初、まさかこの『キマイラ』が、六十代後半のぼくの杖になってくれるとは思わなかった。

あとひと息、ふた息だ。

この物語は、絶対におもしろい。

二〇一九年三月七日　小田原にて――

夢枕　獏

このあとがきは、ソノラマノベルス版からの転載です。

本書は二〇一九年五月に朝日新聞出版より刊行
された作品を文庫化したものです。

キマイラ22

望郷変《ぼうきょうへん》

夢枕《ゆめまくら》 獏《ばく》

令和3年 10月25日 初版発行
令和6年 12月10日 再版発行

発行者●山下直久

発行●株式会社KADOKAWA
〒102-8177 東京都千代田区富士見2-13-3
電話 0570-002-301(ナビダイヤル)

角川文庫 22874

印刷所●株式会社KADOKAWA
製本所●株式会社KADOKAWA

表紙画●和田三造

●お問い合わせ
https://www.kadokawa.co.jp/ （「お問い合わせ」へお進みください）
※内容によっては、お答えできない場合があります。
※サポートは日本国内のみとさせていただきます。
※Japanese text only

ISBN 978-4-04-111878-8 C0193

角川文庫発刊に際して

角川源義

第二次世界大戦の敗北は、軍事力の敗北であった以上に、私たちの若い文化力の敗退であった。私たちの文化が戦争に対して如何に無力であり、単なるあだ花に過ぎなかったかを、私たちは身を以て体験し痛感した。西洋近代文化の摂取にとって、明治以後八十年の歳月は決して短かすぎたとは言えない。にもかかわらず、近代文化の伝統を確立し、自由な批判と柔軟な良識に富む文化層として自らを形成することに私たちは失敗して来た。そしてこれは、各層への文化の普及滲透を任務とする出版人の責任でもあった。

一九四五年以来、私たちは再び振出しに戻り、第一歩から踏み出すことを余儀なくされた。これは大きな不幸ではあるが、反面、これまでの混沌・未熟・歪曲の中にあった我が国の文化に秩序と確たる基礎を齎らすためには絶好の機会でもある。角川書店は、このような祖国の文化的危機にあたり、微力をも顧みず再建の礎石たるべき抱負と決意とをもって出発したが、ここに創立以来の念願を果すべく角川文庫を発刊する。これまで刊行されたあらゆる全集叢書文庫類の長所と短所とを検討し、古今東西の不朽の典籍を、良心的編集のもとに、廉価に、そして書架にふさわしい美本として、多くのひとびとに提供しようとする。しかし私たちは徒らに百科全書的な知識のジレッタントを作ることを目的とせず、あくまで祖国の文化に秩序と再建への道を示し、この文庫を角川書店の栄ある事業として、今後永久に継続発展せしめ、学芸と教養との殿堂として大成せんことを期したい。多くの読書子の愛情ある忠言と支持とによって、この希望と抱負とを完遂せしめられんことを願う。

一九四九年五月三日